海外詩

島上與海外

下冊

韓牧 。 著

韓牧簡歷

　　韓牧，本名何思捴，另有筆名鄭展怡、向巽玲、衛紫湖等。1938年花朝節生於澳門戀愛巷。澳門大學文學碩士，「澳門新詩月會」創辦人，1957年夏移居香港。港、澳、新加坡多個文學團體之會員、理事。曾任港、澳兒童文學獎、工人文學獎、青年文學獎評判，青年雜誌主編。1984年春，率先提出「澳門文學」名詞及概念。1989年末移居加拿大，任「加拿大華裔作家協會」理事，同時是加拿大多個藝術家團體之會員。國際詩人協會會員。著有《韓牧文集　上下冊》《韓牧評論選》《剪虹集：韓牧藝評小品》《韓牧散文選》、電郵書信集《牧人看世界》《牧人聲聲惜》及詩集《韓牧詩選》（獲獎）《島上與海外》（上下冊）《愛情元素》（獲獎）《梅嫁給楓》《新土與前塵》《待放的古蓮花》《伶仃洋》《裁風剪雨》《回魂夜》《分流角》《急水門》《鉛印的詩稿》及《草色入簾青：韓牧攝影、杜杜詩詞》、《Finn Slough芬蘭漁村：溫一沙攝影、韓牧新詩》（中英雙語，獲獎）、《她鄉，他鄉：葉靜欣、韓牧新詩攝影集》（中英雙語）等。在香港、台灣、中國、美國屢獲詩獎。短詩入選香港中學語文教材；寓言詩獲日本選入「中國語」課本中；詩作《一朵罌粟花的聯想》為加拿大國殤紀念日唯一中文朗誦詩。

　　主要論文有：〈杜甫鳥類詩初探〉〈建立「澳門文學」的形象〉〈澳門新詩的前路〉〈馮至詩分期研究〉〈論兒童詩的寫作〉〈舒巷城詩的本土性〉〈新文人畫的開創〉〈墨緣印象：論中國、日本書法〉〈詩人寫生與畫家寫生〉〈寫我甲骨文〉〈用「國」「族」「文」分類海外華裔文學〉〈僑民。居民。公民：從加拿大

華文新詩窺探加華詩人的自我身份定位〉〈論詩人汪國真〉〈從人類遷移史論移民作家的身份與立場〉〈加拿大華文詩中描寫的本國社會現實〉〈加拿大華文詩中描寫的外國社會現實〉〈港澳與南洋文友的情誼及「澳門文學」的覺醒〉。

何思捣（筆名韓牧）亦是書法家，早年師從書法大家謝熙先生，屢獲香港青年書法冠軍。擅長甲骨文、隸書、楷書、行草各體。現居加拿大。

作品曾個展於加、美、中、台、港、澳。其中，1997年獲加拿大卑詩大學（UBC）主辦，首展長篇甲骨文《心經》、《正氣歌》（後又有《大同篇》《國父遺囑》等），學術界譽為首創，加拿大國家電台作海外報導。1998年獲澳門政府主辦港澳巡迴個展，得學者饒宗頤、何叔惠、羅慷烈、馬國權諸教授讚賞，《亞洲周刊》及《美國之音》電台專訪。2001年應台北國立國父紀念館之邀作《緬懷國父》書法個展，《宏觀衛星電視》到場專訪，全球報導。旋應美國金山國父紀念館之邀，作同題個展。

書作屢獲博物館、美術館、基金會、文學館、圖書館、紀念館、文化部、領事館、碑林、碑廊等文化機構收藏。著有《何思捣書法集》（中日英三語）。論文《寫我甲骨文》獲選入《世界學術文庫・當代文化卷》。

千羽鶴

我想說的是四十多年前的一千二百包一樣紙鶴。

那一千包的紙鶴，先是由我這一摺疊，從這傷一張，摺起時，在一張摺疊時，先想到了我。日光也行在紙上的摺痕。或者日光芒些。像畫已往摺成那一張。我素望畫那一畫彩色一，像畫多畫摺成紙張一那一畫彩紙。後來覺一如中學生，心里這是想畫我，一定要想畫我。不知多少個的程之，想畫我一月時，想畫一個夜色。......的譯作，我或者要畫成一字，注生要像字那行萊田。像想畫一生畫法簡便畫摺上一我。

千羽鶴，用一個做紙條手生一紙盒上封好。用衛串成一串。我心碳定些好過，生一千包。盒上一般紙，又用銀色一個貼紙，又用金色一個寫成我一英文名字。又寫了你一名字樣田書子一寫多與拼音字。金色，是為事史又為眼目，不會改變，不怕紅爐大一高任。

秋到了深處　　　韓牧

葉　印

一地密密落落的
棕色的落葉
楓葉　橡葉　樺葉
生這灰白色的水泥小徑

不是落葉　是落葉的印
連綿的雨点打印而成
雨停　地乾　風起
众葉飛走

似透机御疏密有致
大大小小
完整的　殘缺的　蟲蛀的
葉脈分明或者含糊的
半透明的　半抽象的
耐看　卻無人關愛的版画

我的稿紙　（橫直兩用）　20×25＝500

《島上與海外》自序

　　詩集《島上與海外》分上、下兩冊。上冊名《島上詩》，包含第一、二、三，四，共四輯；下冊名《海外詩》，包含第五、六，共兩輯，及附錄。

　　所謂「島」，不指香港，不指台灣，是指我居住的烈治文。它是加拿大西部卑詩省（不列顛哥倫比亞省）大溫哥華地區的一個小城市，人口僅二十萬，但華裔過半。它四面環繞著菲沙河的中支和南支，連接著太平洋，可說是一個島。杜甫詩：「舍南舍北皆春水，但見群鷗日日來」，千年後萬里外，我們有幸得見與老杜所見相同的景致。

　　烈治文是Richmond的漢譯。中國大陸出版的地圖，譯為「里士滿」，但本地人及所有中文報章雜誌，都不用，只愛用粵語港譯的「列治文」，早年有人譯為「富貴門」的，但不通行。我在1989年冬移此，就一直愛用「烈治文」。有人認為隱含「暴烈統治文人」之意。

　　加拿大西部地區最大、最繁忙的機場，是溫哥華國際機場，其實它是在烈治文市版圖內的。我們走向北面的河隄，就見到機場在不遠的對岸，民航機不停的升降，與世界各地頻繁的聯繫。

　　從詩集名稱《島上與海外》可知，此書分兩部份：「島上」是寫家居生活、社會生活的。所謂「海外」，並非以中國立場，而是以加拿大立場的「海外」，也就是國外、外國。「海外」部份，主要是外訪時所作，旅行，探親，參加座談會、交流會、新書發佈會、學術會議等。可說是紀遊詩。

　　二十一世紀第一個十年，我詩豐收，編成《愛情元素》《梅嫁

給楓》兩本詩集，並已分別在台灣、加拿大出版了。第二個十年，意外的，比第一個十年寫得更多，原因是此期間外遊頻密，兼且社會活動、社會運動繁多。除了編輯成這本《島上與海外》，其餘詩稿，大致與社會現實有直接關連，又可以編成份量不輕的一本，暫時名之為《韓牧社會詩》吧。

詩作太多，在我有一個要解決的煩惱。要全部收入書中呢，還是刪去一部份自己覺得內容或藝術性較弱的呢？

我以前研究過杜甫，覺得杜甫與李白在藝術上是難分高下的，何以人人都稱「李杜」而沒有稱「杜李」的呢？相信就因為李白年長了十年（杜甫出生在正月初一）。同時代的文學家、藝術家，生前論資排輩，甚至僅依馬齒為序，還可以說得過去。李與杜，既是歷史人物，又同一時代，應該依其作品高下定次。兩人存世詩作都是一千四百餘首，據研究，杜甫生前自己已刪去了一千多首。我想，如果他在現存的再刪去一半，餘下七百首，也不算少。總的藝術水平一定大大提升。乾隆皇寫過43630首，他曾自豪說，唐朝三百年留存下來的詩，也不夠我多。但其詩藝術性低，要排名是排不上的。詩人之比，不是比產量。若把杜甫這七百首與李白的一千四百首比較，是杜勝李，要改稱「杜李」了。

不過，照我個人經驗，自己的得意之作，詩選的編者往往不選，而選入我自己看輕之作。詩選選得讓我滿意的，只有一本人民文學出版社的《中國新詩萃（台港澳卷20-80年代）》，所選三首：〈日落〉〈急水螺〉〈澳門號下水〉，我認為都可算代表作。也都是寫時代大事的。

我還記得，有一首寫於七十年代的詩，自己認為不算好，但給日本編者看上眼，選入「中國語」課本中，與冰心、余光中、紀弦、郭沫若、馮至、徐志摩等大詩人並列。他們對我說，是從大陸出版的一套文學精品選中見到的。這套書我未聽過。我另一首寫澳

門的，也是寫於七十年代，我自己看輕，卻意外給選入香港市政局出版的《香港近五十年新詩創作選》中，後來，香港中文大學的翻譯部門，要編輯出版一冊二十世紀香港詩的英譯本，也選上這首，我幸運。相信他們是在市政局出版那本詩選看到的。如果我沒有把這兩首詩選入我詩集，就沒有這兩個機會了。

　　我因而想到，自己主觀愛惡不可作準。自己覺得不好的，客觀上也許認為好。若貿貿然刪除，永遠不見天日，不是很可惜嗎？我常常想，孔子是否刪過《詩經》，自太史公起，至今仍是未有共識的學術問題。若真的刪過，為了用作課本當然應該，但應保留全本，讓後人研究。他沒有這樣做，實在罪過。除了後人偶然發現、零零碎碎的逸詩外，我想知道，被消滅的詩，到底是何樣子。

　　出版詩集不是與人比賽，爭排名，反正能夠過得自己眼睛，應該不會太壞，還是全部保留好了。這書分五輯，另書末有附錄。

　　第一輯：情意。共三十一首（組），寫與配偶的愛情，與亡母、亡妻的重逢。與各族友人的友情，對陌生人、異國，對家貓對野鳥以至對自己的老爺車的情意。此外，還有對真情實意的贊美，對不當情意的批評，題材是十分廣泛的。有〈惺忪與鬆弛〉〈世界和我互道早安〉〈焗豬排飯和熱鴛鴦〉〈吾馬，髮妻〉〈友善的環境〉〈此生的得與失〉〈真情的紀念〉〈與名人合影〉〈破蛋〉〈寒蟬突變〉等。此輯中有一首〈魄散魂離記〉，長近三百行，毫不修飾、毫不保留傾吐自己的情意，有如醉後吐真言。

　　第二輯：移植。共十二首（組），寫移民的心境、應盡的義務、早年移民遇到的不公、各族移民之間的友誼、新移民的劣行、卻受到主流社會的姑息。所謂移民，除了人，還包括鶯鳥、貓兒。有〈國殤日紀念會〉〈鹹魚與棺材〉〈鶯之魂〉〈這一票〉等。〈漂木與飛樹〉一首，或能顛覆某些移民詩人的信仰。〈戴花之詭辯〉一首，斬釘截鐵，揭露最高層政客們、傳媒們為了私人利益而

作的詭辯。

　　第三輯：花木。共十九首（組）。我愛花草樹木，見到，常常引起我的詩興，而詩興是多種多樣的。〈紫丁香。Shadow〉〈第一櫻之死〉，批評新移民的劣行，〈桃花。櫻花。梅花〉，思考與祖籍國的關係。〈門前的萱草花〉懷念亡母。〈香柏樹〉〈倒臥的蘋果樹〉描寫作為移民堅定的志向。〈我的年輪〉是個人歷史的回憶。〈最後的野玫瑰〉隱見移民樂觀的前景。

　　第四輯：藝術。共十七首（組）。對藝術的感悟，對藝術品的觀感、與藝術家的友誼、記錄藝術家的一生等。藝術品種有舞蹈、歌曲、音樂、岩畫、攝影、雕塑、油畫、中國畫。詩作有〈第一民族的鳳凰〉〈吉卜賽之舞〉〈幻滅與默靜〉〈畢加索作品兩題〉〈走進畫家的家門〉等。組詩〈那土黃色的蝴蝶〉是為我心中的「歌聖」鄧麗君作傳，全面描畫她燦爛多彩的一生。

　　第五輯：海外。共43首（組）。此輯內容特別豐富，主要是外遊時的紀遊之作，期間曾遊二十多國。另有寫外國的社會運動、外國的戰爭的。有〈另眼看台灣〉〈另眼看香港〉〈另眼看澳門〉〈海上孤鷗〉〈天櫻之夢〉〈冰川之死生〉〈歐遊短章〉〈慶州十九首〉〈首爾十九首〉〈洛磯十九首〉〈加勒比海追記〉〈泰國日記〉〈加中搶食大戰〉〈新加坡日記〉〈馬來西亞日記〉〈蝴蝶效應〉〈緬甸民主天使〉〈烏克蘭抗俄戰爭小記〉等。〈六十年後的學弟們〉一首，寫出世代之變，〈阿拉斯加的遐思〉寫美國歷史上向南也向北的吞併，開拓疆土。〈黃虎旗〉總括了台灣人民的抗日歷史，〈北歐速寫〉涉及北歐多國爭取民主、獨立可歌可泣的事蹟。〈蝴蝶效應〉是想像的長作。附說一句，此輯寫慶州、首爾、洛磯的組詩，都是十九首，只是偶合，並非湊足或刪減而成。與《古詩十九首》更無關連。

　　以上五輯，其中〈祖國就是你，你就是祖國〉〈前園之夏紀

實〉〈那土黃色的蝴蝶〉〈歸寧港澳〉〈烏克蘭抗俄戰爭小記〉五首（組）詩，都是節錄，也就是刪去了一些之後的所謂「潔本」。那些「不潔」的部份，雖然可以接受自己良心的審判，但到底不宜在此時此地的公開場合出現。不過，到底是自己心血結晶，親生骨肉怎忍斷然拋棄？留著，等候著適宜的地方，適宜的時間，以素顏全貌，向公眾坦露。地方，也許在萬里外，時間，也許是不知多久的將來。

　　第六輯：逸詩。共十九首（組）。我在詩集《新土與前塵》的長跋〈新土高瞻遠，前塵舊夢濃〉中說過：「此次未入選的詩我也想談談。可分四類，第一類是因為自己的思想感情進展了，覺今是而昨非，回視少作，無可留戀。第二類相反，詩中思想感情可接受良心審判，卻顧慮到部份人士未曾進展到這個階段，會生抗拒。第三類是失去了未找到的。記得曾在《中報月刊》發表的〈雲杉的遺言〉，寫加拿大贈香港的聖誕樹；〈華表〉應可入《北行列車》輯中，另外移加前夕到澳洲探親時也寫過些小詩。第四類是篇幅所限暫時割愛的。這些，都希望能早些重見天日，尤其是第二類。」

　　現在，在《中報月刊》發表的〈雲杉的遺言〉〈華表〉，都找出來了，還找出〈飛鵝〉〈巨贊〉。原來，這四首都寫得、自己覺得不壞。在澳洲寫的小詩，找出〈移植的花〉一首。此外還有在雲南所寫的〈雲南小景〉〈撒尼族歌舞〉。其餘大都是移民初期在加拿大寫的。〈獸面仁心〉和移民前在澳門寫的〈澳門號下水〉，雖然都曾收進詩集，但後來獲王健教授（Prof. Jan Walls）英譯，也附此輯中。書中還有四首英譯，也是王健教授的作品。另有幾首泰文譯，是許秀雲老師翻譯的，在此一併致謝。

　　書末「附錄」，收〈名家點評〉、吳宗熙老師評論兩篇，朴南用、范軍兩位教授的學術論文，在此致謝。〈笑嘻嘻的童真臉〉是我悼念詩友古蒼梧兄的文章，對我很有紀念價值，但我下一本文集

遙遙無期，還是先行附在這詩集裡。

　　我在《愛情元素》《梅嫁給楓》的自序中說過：「這兩本詩集，可視為我在二十一世紀第一個十年詩創作的成績。與上個世紀所作相比，除了內容相異，自覺風格也有不同，自己也不知道是進步了還是退了步，還望高明指點，能在下一個十年寫得好些。」

　　這本《島上與海外》，連同尚未編輯的《韓牧社會詩》，與上兩本詩集比，我自己覺得，除了對大自然、對藝術深情不變外，有很大的不同。那是由於生活的改變、客觀環境的改變。主要有二：外訪變多，社會活動和社會運動變多。體現在詩作上，是減少了對自身的思考和對移民身份的強調，而增加了對社會現實和國際現實的關注。不過，這些年，國際政治形勢急劇變化，一些國家的社會運動大減，甚至減至零。疫情也限制了社會活動和外訪，可以肯定，在第三個十年，我詩產量一定少得可憐。因為我不是「歌德派」，也不像一些詩人，可以憑空思索，就能寫出妙句佳篇，我沒這本事。我的很多詩，都是跟從現實世界的變化而成，希望可補充「史」之不足。正式的史，是客觀的、宏觀的、大略的，「詩的史」或稱「史的詩」，加了詩人自己的觀察、感悟、吟詠、評論，是主觀的、微觀的、形象的、細緻的。

　　忽然記起，上世紀八十年代中，我得了一個詩獎，《明報》約我作訪談，後來記者寫了篇訪問記，發表時還附了我在成都的照片，屈膝蹲在線刻的杜甫像的石碑旁。那篇文章說我好像重客觀多於重主觀。我的一些詩友看了，不以為然，葉輝兄說：「她不瞭解你，你根本就不是那樣。」我不語。我覺得對我評論的人無論記者、詩友，各有不同的觀點和認知，我也不好對別人對我的評論給予評論。

　　此生最愛藝術，最愛文學。我覺得：最藝術的文學，是詩；而最文學的藝術，是書法。恰巧，我最愛的，就是詩和書法。原來，

它兩者，都在文學與藝術的邊界線上，我是邊緣人。我知道，篆隸書法以秦漢為極峰，其後的十個朝代直到清初，歷史上最有成就的書法家，都沒有我們寫得好。在書法藝術日趨萎縮的當代，奇怪嗎？主因就在清初的文字獄。其殘酷在本國史以至世界史是僅有的。而且延續不斷。文人不敢寫詩作文，轉而研究訓詁、考古、金石、書畫，埋頭故紙堆中。金石的研究成果，也導致篆隸書法突飛猛進，形成書法史上第二個極峰。民國以後以至現在，我們得以繼承清人的餘緒，雖然已經大為退步，但比起清代以前那十個朝代，我們還是優勝得多。

過去幾十年，我學習的重心，因不同的原因，曾多次反覆轉移，大致是：二十世紀六十年代，書法；七十、八十年代，文學，主要是詩；九十年代，書法，主要是甲骨文；二十一世紀第一、第二個十年，文學。看來，眼前的第三個十年，重心會轉到書法，一如三百年前的清人，埋頭故紙堆中，是肯定無疑的了。

這書書前附我詩手稿三頁（也可視為硬筆書法？），若依書寫時的狀態，正好分屬三個不同類型。第一頁〈千羽鶴〉，是「夢醒，起床速寫」。第二頁〈武威凌晨的雞鳴〉，是在初稿上的反覆修改。第三頁〈秋到至深處〉，是定稿後的謄正。手稿請攝影家何思豪代攝，在此致謝。

這書最後，附我書法十八幅，屬甲骨文和隸書，都是應文友之請而寫的（包括捐出抽獎）。麥冬青、方寬烈、白樺、何慕貞、韓文甫、梁錫華、小思、大德居士、吳珍妮、陳伯仰、鄭京、區澤光、吳志良、Christian Reuten、王偉明、石依琳、曾偉靈等。真要感謝他們的督促，否則，在我專注於文學的期間，不可能產生出這些書法作品的。附於此留個紀念。其中甲骨文的釋文依次如下：〈願乘風破萬里浪；甘面壁讀十年書〉（是孫中山先生的聯語），〈建立澳門文學的形象〉（是我的話）〈白樺思舊友；黃柳立新

鄉〉（是我聯語），〈睡貓居〉〈鄭。葉。湯。京。沛〉〈民族。
民權。民生〉〈劍。中。無〉〈燕飛〉〈羅雀〉〈鳳鳴〉〈幻夢。
夢幻〉。

　　自從離港移加，我書出版後寄贈各方，得香港《詩網絡》詩刊
主編王偉明兄義氣代勞。該刊停刊後，轉由香港文友程慧雲及六妹
婉慈接手。這工作實在繁雜費神，我心存感激，在此一併補上致
謝了。

　　封面書名是我所題，封面照片也是我所攝，《島上詩》是從烈
治文眺望溫哥華國際機場，《海外詩》是芬蘭海岸的砲台。封底個
人照是勞美玉拍攝的，在韓國慶州與會期間。

　　　　韓牧　2022年7月，加拿大烈治文。

CONTENTS

第五輯

海外

歷史證明

冰川　有復辟的可能

到時又再壓死一切生命

那時我就用我第二個一百年

用我的下一生

目擊它再次消亡

—— 〈冰川之死生〉

另眼看台灣

2013年12月，赴台灣參加文學會議，並作環島遊。眼目所及，切實速記。回加拿大後一一整理，次年1月，組詩寫成。

內戰傷痕

復興南路一段 222 號
外牆貼有一張已發黃的通告

「防空避難處所
編號：WNA 02804 號
管理人：楊閩山
總容量：1157 人
分配：自用 810 人
　　附近居民 0 人
　　流動人口 347 人
台北市政府警察局製」

一定不是「中日戰爭」時期的
一定是和平之後的傷痕

國父紀念館前

國父紀念館宏偉莊嚴

門楣橫額紅底白字：
「紀念　國父誕辰」

記得小學時的課文：
「三月十二日
是孫中山先生逝世紀念日
又是植樹節」

「十一月十二日
是孫中山先生的生日
我們應該紀念他」

高簷下
一群少女在練習現代舞
廣場上
兒童們在追逐嬉戲
在放風箏

國父嚴選綠豆糕

國立國父紀念館裡
有一家專賣「冠軍伴手禮
國父嚴選綠豆糕」

笑嘻嘻的國父
豎起右手的大拇指
背景有他的墨寶〈博愛〉〈大同篇〉

還有早年行醫的圖畫

「國父推薦限定
唇齒醇香　綿緻即化
淺啜一口清茶
更愛不釋手」

以上圖文並茂的廣告
印在包裝紙盒上
依據百元鈔票增改而成的

「孫中山　宋慶齡　鶼鰈情深
綠豆糕　台灣茶　天作之合
買就送發財茶」

我知道國父到過台灣
不知道他和我一樣
愛吃綠豆糕

遠眺鄧麗君墓

來到茫茫的海角
聽說鄧麗君的墓
就在對岸的山上

藍得文靜的海水
藍得朦朧的天空

遠山依稀的綠色
群墓隱隱的白色
都染上一層灰藍

近岸處一柱血紅
尖尖燈塔
像要刺穿灰藍的宇宙

小天使・石獅子

警察局門前
一列厚重的仿古大花盆
種了青青的灌木

盆邊是西洋浮雕
一群小天使帶著小翼
嬉戲的小蜜蜂

國立歷史博物館門前
一對石獅子

公獅玩球天經地義
母獅前肢懷抱著幼獅
她的腳畔　意外的
也有一個球

普世價值

地標101大樓正門前
入夜　人潮洶湧

內戰時敵我分明的
兩面國旗
並肩揮舞

反法者喧天
護法者靜坐
遊客側目
警察中立

黃金海

山村「九份」之下
有所謂「黃金海」
那是大片金黃色的海域
與外海的藍色截然分開

說是舊時山上開採銅礦
銅礦的污水污染而成

污穢
常有金碧輝煌的形貌

一列花牌

車行甚速
路旁一列幾十個花牌並立
甚麼事？
我舉相機　只影到一截

輸入電腦放大
隱隱見到
「祝賀頂六國小78周年校慶
運動會圓滿成功」

敬賀者有嘉義縣議員
中埔鄉代表等等

算來
這小學建於1935年
看來
它有過日語授課的時期

台灣人

走在有捷運的大街　赫然
大廈高層的牆上
巨型白漆標語：
「台灣人不是中國人」
同行的朋友見了生氣

曾經是中國人的我
沒有動氣
即使我沒有入加拿大籍
同樣不會動氣

說這話的台灣人
心中一定有氣
我首先要瞭解清楚
他們動氣的原因

兩中？一中？

走進賓館的大堂
從頂層垂下兩列國旗
左邊：中華民國　美國　加拿大
　　　　新加坡　德國　日本
右邊：中華人民共和國　澳洲　法國
　　　　大韓民國　馬來西亞　英國

是兩個中國還是一中各表呢？
任隨觀者解讀

鄧麗君紀念文物館中

不看她遺下的歌衫家具汽車
我著眼於幾幅軍裝照片

紅衣空軍在飛機旁
綠衣陸軍戴鋼盔持步槍
軍艦上　一身潔白的海軍裝

我著眼於一張榮譽狀
「鄧麗筠同志一生忠黨愛國……
在演藝事業中享譽世界
為國爭光尤對國軍宣慰
工作始終不渝特追贈
國光一等獎章藉表敬忱」

照片和榮譽狀是紙的
獎章是絹的和金屬的
她的歌聲沒有形體
反而可以永恆

紅纓縛蒼龍

一棵已死的神木
樹椿處盤根錯節
繫上不少紅色的絲帶

紅絲帶
繫著一張張青色的鈔票
奉獻的人相信神靈

青色的鈔票
毛澤東的半身像

體現自由

廣場上石牌坊橫立
白身藍頂
五間六柱十一樓
明樓上匾額凸字：
〈自由廣場〉

曾見到過的牌坊
連實物連圖譜數以千百計
都不及你
宏偉莊嚴又清雅隨和

野鴿子在上空迴旋
細看　有幾隻停駐在
〈自由廣場〉四個漢字的頭頂

炎陽下空蕩蕩的廣場
一對野鴿子一前一後
前者若無其事地散步
後者緊隨又不停鞠躬

蔣公知客　賣冰棒

中正紀念堂進口處
有蔣公紙板假人

還是光頭小鬍子　中山裝
一反嚴肅高傲的表情
張口瞇眼陪笑　伸手
「歡迎光臨　Welcome」

背後還有兩個小的
張手請人蓋紀念章的
舉冰棒推銷的

那真是蔣公嗎？
胸前有名牌「蔣中正」

是同姓名的人嗎？
名牌上有身份證號碼：
「Y 10000001」

十二月的櫻花

車行阿里山上
一閃而過一樹疏落的粉紅
是櫻花

櫻花不是四月才開
四月就落的嗎？

那一年在烈治文公園
發現一株櫻樹殘留著
兩朵堅忍的櫻花
那天是十月二日

捷足先登者
堅持到最後者
都是英雄

懷舊

就是這一家　　就是它
十二年前
我倆每天清晨早餐之處
蛋餅　綜合漿　高麗菜包

曾作客兩周
住在「教師會館」
過當地人的生活

十二年後的今天
自覺是這個
「南海學園」小區的居民
特意回來懷舊一番

原來馬路斜對面
也有一個
「防空避難處所」

另眼看香港

彩虹色的船

寬廣的維多利亞港
兩岸層層的方柱
屏風似的商業大廈群

全都是灰色
不論建築　不論海水
不論天空　不論太平山

一條船　是彩虹的七色
緩緩駛入這灰色世界

船頭漆上
「Asia's World City
亞洲國際都會」
桅頂的旗飄揚著「香港」

是渡海小輪改裝成
遊覽船
彩虹　璀璨而短暫

手推車

名牌店林立的大街上
簡陋殘舊的手推車

中年男子忍氣皺眉
竭力推動十幾箱貨物
箱面有標誌
箭頭　雨傘　玻璃杯

推上斜坡
那些他推得動
但買不起的東西

老邁的婆婆推著推著
一疊疊摺好綁好廢棄的紙箱
這是她到處撿來的

原本裝的是甚麼？
與她無關
她只關心紙箱的重量

銅火

中文大學校園的廣場
扶疏的綠樹掩映著
一個崇高的銅像

女神　左手持書
右手舉起火把

一群男女大學生
撐著雨傘經過
比他們高兩三倍的銅像
沒有看一眼

女神胸脯挺起
頭髮被吹起高過頭頂
面部神情是雄性的

風雨越來越大
風雨再大
手中的火絕不會熄滅

地鐵海報

地鐵的鐵軌旁
兩幅海報並立

肯德基家鄉雞
聖誕送大禮
皇牌 Jumbo 盒
滋味 Double Up

〈中國出了個毛澤東〉

（我想到前兩句）
紀念毛澤東誕辰120周年
大型展覽
在香港會議展覽中心新翼

12月25日　接著是26日
原來天父生了雙胞胎
耶穌出生後　太陽出生

天水圍的亭子

一個六角的亭子
六隻上彎的飛簷
要飛離所立的小池塘

你飛不出去的
有一群幾十層高的大廈
在上面圍住你

我也不忍向上望
只保持著平視和俯視
見到幽靜的花木和池水
和我自己的倒影

我的倒影
被一群並排的大廈扯碎
我無意間閉目吟哦

四十年前我的〈天水圍〉的詩句：

「在大陸與海洋的交界上
在過去與現在的交界上
在天與水的交界上
你會以為自己是一隻鷗
或者一條魚」

荒僻與地理

重到大嶼山的大澳漁村
偶見「大澳文化工作室」
古舊的黑木門兩邊
貼一對紅紙春聯

荒僻的海島
荒僻的甲骨文
「花草秋冬麗
河山四季春」

想來　切合當地的自然地理
但當下的人文地理呢？

遠望母親

疾馳的公車駛向入黑的陰雨
掠過海灣

山的後面有密集的工廠大廈群
出奇了　比山還要高

山上隱約分佈著
綠色的點　灰色的方塊
綠是柏樹　灰是墓碑

母親　就安靜地躺在
這荃灣華人永遠墳場
五十一年前　只有風聲

而今車聲市聲工廠機器聲
海不似海　山不似山
我要遠望　又不忍望

多謝一列多情的路燈
為我點起香燭

海上尋覓分流角

灰濛濛的海天之間
穿過冷雨　我極力辨認
海島末端的分流角

四十年前那個陽光的夏日
我身臨分流角的石崖頂
清楚目睹

河水與海水歷古的分流
一條彎曲的白浪沫
是河與海共同的滾邊

黃與藍的界線
淡與鹹的界線
淺與深的界線
悠悠與滔滔的界線
古典與浪漫的界線

如今黃與藍
似乎已合成為灰色
一隻小漁船載浮載沉
在一截白浪沫之上

2013 年 12 月，香港。

另眼看澳門

那三面旗

急躁的海風急躁的船
船尾兩面紅旗不停亂拍
只聞獵獵
看不清旗上的圖案

急風急浪
旗杆如一柱顫抖的白煙
敲打著未來

石牆外高台上
老樹掩映著的一面旗
像是疲倦　又像悠閒
懶懶散散的綠色和紅色
無法拍醒一個繁複的徽章

似乎要飄揚　卻是乏力的
它在重溫著舊夢
歷史無言

華士古達嘉馬銅像

從小就見慣
新花園這一個大鬍子
以及其下的漢白玉浮雕
紀念五百年前的葡國航海家
發現通向印度的航道

而在議事亭前
作勢拔劍的那一個將軍
南灣隄畔
馬背上掙扎的那一個將軍
早已被拉倒搬走

其實那兩個銅像
比這嘉馬更有藝術性
藝術一旦依附政治
政治倒了　藝術陪葬

嘉馬銅像至今已超越一百年
對人類文明有貢獻的
可以在任何的政治風雲中
安然

聖祿杞街

七十年前的聖祿杞街

記載著我的童年

街頭的小斜坡上我們嬉戲
街邊停頓著叫賣的擔子
豬腸粉　酸沙葛　缽仔糕
街心走過收買佬　賣衣裳竹
還有鏟刀磨較剪　收香爐灰

空氣中迴盪著連綿不斷的粵曲
小明星徐柳仙　飛影妙生瓊仙
其中也有歌頌殺敵宣傳抗戰的
抗戰勝利了　瘋狂震耳的爆竹聲

24號二樓那豬肝色的木百頁窗
親切和睦的鄰居和街坊
而今變成多層大廈鐵門深鎖

一切都變了
一切舊事都變成苦苦的追憶

也有不變的
是這條街的位置
寬度　長度和斜度
和這一陣一陣的微雨　以及

牆上的藍字白瓷磚街牌
葡文　RUA DE S. ROQUE

漢字　聖祿杞街

街邊的肥花貓

街邊一隻黃白毛肥花貓
盤起四肢　收起尾巴
悠閒地坐在清潔的紙板

假寐　卻是張眼的
張眼　卻是茫茫然

周圍有很多飲品食品廣告
檸檬茶　清肝雞骨草
花旗參蜜　青島啤酒
Ice Cream Bar

身旁有一個放糧食的盤子
養得肥胖　看來很健康

我細看　牠的頸上
繫了一條綠色的繩子

喜見美術老師遺作

紅白牡丹　一雙鳳蝶
就想起「市美」出身的
中西畫兼擅的甘恆老師

那年「慈幼會」總會長來華
他憑照片　加鬍鬚加皺紋
預寫了一幅粉彩肖像
與真人一比　形神兼備

他給我們全面的訓練
他說：「除了油畫
我的學生甚麼畫種都學過
碳筆　彩色鉛筆　粉彩　水彩」
他愛用藍與啡混和的彩色

那一年我回澳開書法展
見到了闊別四十多年的
美術和文學的啟蒙老師
書法　其實就是美術加文學

一生孜孜於小城的美術教育
沒有成為名利雙收的畫家
但他的畫作上了澳門郵票
精緻的複製品在地球上飛來飛去
無限的地域　無限的觀眾

雞蛋花

多少年沒有聞到這香氣？
北美洲沒有雞蛋花

肥厚的大葉狀如車輻
一朵朵花就藏在中央
香氣從蛋黃色的花心傳出

花瓣像螺旋轉開
我的五指不自覺在模仿

花瓣邊緣是白色的
向花心　由淺黃到蛋黃
循香氣　越鑽越深
一如我的追憶

六十年後的學弟們

在茶餐廳午飯
一群學生走了進來

校服上的校徽是木棉花
原來都是我的學弟

這運動衣　這領帶　這外套
不是我簡陋的白襯衣白長褲

這豐富多樣的午餐
不是我走路回家吃的家裡飯

這手上桌上的手機
不是我的鉛筆和筆記本

時代進步了
我還是覺得我們比較幸運

生活純樸簡單
沒有太多的物欲

資訊雖少
反而有更大的創造性

【後記】2013 年 12 月，應澳門政府文化局邀，回澳座談「澳門文學館」籌建事。公事畢，信步市街懷舊。

"Schoolmates 60 Years Later"

by Han Mu
Translated by Jan Walls

In the restaurant at lunchtime
in walk a group of students.

The school emblem on their uniform was kapok,
so they were my own young schoolmates.

Their sports wear, neckties, jackets
were not the simple white shirt and white trousers of my day.

Their abundant diversity of lunch dishes
were not the simple meals I walked home to eat.

The cell phones in their hands and on their tables
were not the pencil and notebook of my day.

The times have progressed
but I still think we were more fortunate.

Life was unsophisticated and simpler
with not so many material desires.

Information was scarce
but there was much more creativity.

衝向換日線

不斷的轟隆轟隆
沉重　卻輕浮
飛渡地球上最遼闊的藍色

向東向東
過琉球　過菲律賓海
過伊豆海溝　過沙茲奇高地
在黑夜中

漏進來一弧白光
黑夜突變得不容張眼

烈日背後
同樣是最遼闊的藍色
那是天上的太平洋

刀切般齊平的藍黑與灰白
水雲相接
藍黑在上　灰白在下
海洋和天空顛倒了位置
純白色的太陽　眩目
傲立在藍黑的海洋裡

北極在左　南極在右
博爾山脊在左　赤道在右
四萬英尺高空上時速一千公里
衝線
衝向換日線

算是日落嗎？
我平視黑夜中的落日
白日變扁　竟綻放出金色的光暈
也難以避免
急急溶沒到灰白的雲線之下
無力的光芒是垂死掙扎

從晝到夜　又從夜到晝
混混沌沌難分的晝夜
壓縮在偷天換日的一瞬
無人發覺它的始終

閃閃縮縮
一顆小星星在我腳下出現

2013 年 12 月 25 日，台北飛溫哥華航機上見。

香港大澳梅菜

「惠州甜梅菜」簡稱「梅菜」
近年才知道
北方人和台灣人稱之為「梅香菜」

童年時　四十年代
大哥代表澳門童軍到廣州
參加廣東省童軍大露營
回來說　臨別時惠州童軍在車上大叫：
「有空請來惠州吃甜梅菜啊」

從小愛吃梅菜
近年中國人良心失蹤
中國製的食品安全成疑
每次買梅菜時我疑慮矛盾

那次經過一家中藥店
門外放了許多貨色　寫明：
泰國蝦米　越南魷魚
日本冬菇　韓國蠔豉
南非響螺頭　台灣白背木耳
新疆和田紅棗　寧夏枸杞子……

眼前一亮：

「香港大澳梅菜」
我自豪　家鄉這一個小漁村
竟然有土產行銷到美洲來

主權上香港屬於中國
但畢竟是個「特區」
我放心又歡心　大量入貨
家庭作業　全無包裝

去年冬天回香港
特地遠赴大澳　店鋪林立
賣的是蠔豉魚肚蝦乾鹹魚
只見到「汕頭鹹菜」「揭東冬菜」
包裝精美的中國製品
找不到「大澳梅菜」

今天偶過那一家中藥店
外國的中國的貨色依舊
香港大澳梅菜仍在
標示的名稱卻不同了
專有名詞換成普通名詞：
「惠州甜梅菜」

2014 年 8 月，加拿大烈治文。

海上餐桌攀談

2015年3月下旬，乘大郵輪作夏威夷之遊，海上歷時十六天。
每晨自助早餐時，我總盡量坐到非華裔遊客的餐桌中，趁機
向異族朋友攀談。

荷蘭裔少婦

荷蘭裔女子
嫁給加拿大本地人

我談到二戰時荷蘭淪陷
皇室來加拿大避難
恰好皇后懷孕　依憲法
荷蘭皇帝必須在荷蘭出生

加拿大政府決定
將渥太華一家醫院
臨時劃歸荷蘭領土

最後我笑說：
不必一家醫院
劃一張病床就足夠了

羅馬尼亞裔老闆

他說在船上遇到過四個同胞
我說我會唱羅馬尼亞的民歌
會跳羅馬尼亞民族舞

他在香港有不少生意
我說香港窮人不少
青年無力買樓
他不同意　說回歸後變好了

他的香港朋友生活都很好
追問下去
原來都是老闆

我說香港到底好不好
不是你我說了算
應以當地人的意見為準

如果四十年前羅馬尼亞好
你會移民加拿大嗎？

馬來西亞華裔女子

我說　雖未涉足馬來西亞
但在吉隆坡　檳城　大山腳
都有一些詩友文友

她臉色一沉　說：
「我是東馬沙巴人
東馬人老實
西馬人狡猾」

日本老夫婦

聽他倆交談的不像日本語
還以為是韓國人

其實是日本語
帶濃重的鄉音

英語不通
用漢字筆談
這次他倆專程從東京飛來
在溫哥華上船

我說最早來到加拿大的日本人
是和歌山的漁民
和歌山與烈治文
早就結成姐妹城市了

臨別　老先生說了唯一的一句英語：
「Hong Kong, Peninsula Hotel, Good！」

歐裔壯漢

雨過天青
他兩手一張
露出他寬闊的胸膛
說：太陽出來了！

我眉頭一皺
指著我額上的幾條橫紋
說：彩虹出現了！

台灣中年人

九十八歲的母親
不良於行
他特意帶她出來遊覽
為母親慶生

是大陸遷台的第二代
出生於台中的孝子
擁護「台獨」
同情「佔中」

印度裔夫婦

此生最初見到的印度人
是童年時在澳門的牧羊人

我告訴他們這些往事
他們好像沒有興趣
只顧回憶著
移民前在印度的時光

加拿大海軍軍官

曾經到過許多個國家
他剛從加拿大海軍退役

知道香港是我的家鄉
他大談香港的現況
最同情爭取民主的青年

照理他對香港瞭解不會太深
卻懂得用普世價值來衡量

我提起我的國殤日朗誦詩
他大讚我愛國

我指著身旁的妻子說：
「我愛加拿大　甚於愛她」
同桌六個人同時笑起來

希臘裔老婦人

她是四十多年前移來的

這次與女兒女婿孫兒們同遊

老人長氣喃喃
一直訴說移民初期的艱苦

我說：移民總有過艱苦的適應期
可幸我們都選對了地方
誰都有一個安樂的晚年

杭州太太

她說她來自杭州　之後
話題就一直是
「上有天堂　下有蘇杭」
說杭州是世界最好的地方
有最好的文化
同桌人說甚麼她都沒有聽

一個希臘青年問我
她在說甚麼
我大略翻譯了一下
他不語　我說：
她對希臘文化無知

中國有兩句常用的老話
「井底之蛙」
「孔夫子廟前賣文章」

第一民族青年

難得
竟然遇上一個原住民
他出生在 BC 省北部的
Dawn Creek
說是離溫哥華一晝夜的車程

娓娓而談
他複雜的家族遷移史
我細心聆聽

我同時想到我自己
祖父母　父母　我與我妻
每一代都遷移

菲律賓中年婦

一眼就看出來
她是菲律賓人

我用菲律賓話說了句「早安」
沒反應
原來她不會菲律賓話

她猜我也是菲律賓人
她猜美玉是日本人

她是憑膚色

知道我倆是華裔
她說她出生在上海
我說：「你父親是音樂師吧」
猜中了
那是「阿飛」一詞的來源

烈治文同鄉

竟然在船上遇上
她認得我倆
我倆對她也略有印象
於是像老朋友親切交談

是在烈治文最平價的茶樓
推點心的
與丈夫同來渡假

如果換了在香港呢？
誰都會說職業無分貴賤
不過
貧富和地位是大有分別的

英裔淑女

看她精致的衣飾

高貴的氣質
文雅淡定的神情
我覺得她
年輕時是英國的淑女

沒猜錯
她來自倫敦

她說兒子在 UBC 讀博士
是個詩人
一些詩已譯成中文

難得同道
我請她轉交
帶上船唯一的
一本寫詩詞對聯的書法集

海上孤鷗

這孤獨的船
航行在茫無涯岸的海洋
已經許多天了

陰轉雨　雨轉晴
日出　月落　星沉　虹現
重重複複　在雲水之間

沒有飛鳥　沒有島礁
當然沒有草木和蝴蝶了
唯一生氣勃勃的
是船尾拖著的白浪
晝夜不停的在翻滾

我發現
船尾白浪之上往復迴翔著
一個黑點
像在尋覓著甚麼
時隱時現

我極目力追蹤
它黑身長翼
有白毛在尾部和翼尖

一閃　就沒入藍黑的海面
應該是隻海鷗

連續幾天
我都見到它在白浪之上
往復迴翔依然

想是這船離開海岸出發時
一隻異見的海鷗
毅然與家鄉永別
托身在這孤獨的船
冒險前往一個未知的境域

環顧
海與天相接成一個圓周
終點在前方

其實海與天相隔無限的距離
所謂終點
是永遠不能到達的茫然

海鷗到底不屬於陸地
海　才是它最後的歸宿

2015 年 4 月，太平洋上。

天櫻之夢

2016年2月14日清晨,睡醒之前有夢,夢境奇美不可解,姑如實記錄之。

我在住處。櫻花的花瓣不斷從高處流下,密集的、快速的、斜斜的,如流瀑。抬頭,並無櫻樹。也不是春天,櫻花瓣何來呢?

我所在處有如台階,我向上攀到了上一層,地面滿是櫻花瓣,濃密而厚,一如地氈。見一男人,坐著,相信是該處、該台階的居民,我問花瓣何來,他不知道。

我頂著猛烈的太陽,努力爬上滿是長草的斜坡,到達頂處,有一屋,但無人,同樣是滿地的櫻花瓣,不知從何處落下的。

我四處尋找櫻樹,踏過厚厚的櫻花瓣,前面是一個大草坪。右轉,是一個稀疏的樹林,不是原始林,卻像個果園,樹,像是果樹,樹上只有綠葉,沒有果子。陽光從葉隙灑下,好像是炎夏,沒有櫻樹。

左轉,是靜寂的、狹窄的柏油路,路面上的櫻花瓣仍然不少,在不停的打轉,順時針。路的右邊,是一列又高又密的常綠樹,如圍牆。地上的櫻花瓣不停的打轉,順時針。

再前行，路面已無櫻花瓣了，迎面是一座石砌的大教堂，是中古時的式樣。我面對的是教堂的側門，而正門，應該在右前方，我看不見，高密的常綠樹擋住我的視線。

這敞開的側門，有一道矮矮的木閘，遠遠望進去，見一人，在祭壇下打點，像在準備著甚麼。忽然聽見狗吠聲，我不敢再前行，夢醒。

冰川之死生

2016年5月15日，郵船過阿拉斯加的冰川灣（Glacier Bay）。

緩緩北駛
在狹長的水道
左邊是斷續的島群
右邊是蜿蜒的海岸
近岸　大片青蔥的森林
遠處是連綿重疊的雪山

緩緩北駛
在陰晴難辨的雲天下
迎著疏落的
漂流南下的浮冰
駛近似乎頑固萬年的冰川
世界　只剩下藍白兩色

所有的眼睛在注視
這冷白傲氣又猙獰的高崖
所有的相機手機都對準
等待它崩裂倒蹋

我心急卻平靜的等待
預算用一生　面對它的萬年

見證歷史性的瞬間

歷史證明
冰川一旦倒塌
被久壓的土地就重現生機
最先復甦的是苔蘚和青草
然後是紅甜豆和百合花
雲杉　形成起伏無際的森林

山羊　麋鹿　棕熊　相繼出現
天上飛著白頭鷹
海裡有三文魚　有海星
有座頭鯨

歷史證明
冰川　有復辟的可能
到時又再壓死一切生命

那時我就用我第二個一百年
用我的下一生
目擊它再次消亡

海上觀鯨

我們靠著船舷
目不轉睛注意著
海面上任何一個動靜

遠處的白浪　也許是鯨尾
也許只是一隻游泳的海狗
一截漂木　一塊浮冰

危險的東西常是隱蔽的
一旦發現鯨的全身
就有翻船的可能

2016 年 5 月，阿拉斯加海上。

阿拉斯加的遐思

2016年5月，遊美國阿拉斯加州，自史凱威（Skagway）經白
隘（White Pass）進入加拿大育空地區。

1

辭別草木蔥蘢的海岸和島群
車子進入積雪的荒山
是誰突然的一句：
「我們已經進入加拿大了！」
全車立時爆出歡呼

廣漠連綿的雪山的白
偶然露出的山石的黑
宇宙只剩下黑白兩色
我在一張古老的黑白照片中

是個氣魄宏大的山谷
從谷頂下瞰
星散的矮如小草的
應是高大的枯樹
山水　匯成流瀑注入結冰的湖中
這湖沒有名稱
我名之曰「加拿大第一湖」

2

本來以為
阿拉斯加只是一塊巨冰
凸出在北美大陸的西北角
有的只是馴鹿　北極熊
在荒涼無際的冰原

過去兩天　意外的
海岸和島群都有茂密的森林
海水是綠色的
空中飛著海鷗
阿拉斯加溫暖如溫帶的春天

地圖告訴我
那是「巨冰」依附大陸向南的伸延
這狹窄而綿長的海岸
是從加拿大卑詩省最北處
向南一刀直下
把海岸連同沿岸的島群
這些最富饒的部份
分割了出去
形成目前這怪異的國界

3

身在這張古老的黑白照片中

我想到歷史
美國的新墨西哥州
亞利桑那州　以及
加利福尼亞州
在十九世紀上半葉之前
都是墨西哥的領土
那是併吞

身為現代人　我想到現代
歐洲那些陌生的國名
是這二十多年來新成立的國家
那是分裂

4

我們的先輩忍得住嚴寒
以及嚴寒帶來的致命的疾病
卻守不住自己的土地
只能守住地圖上標示的
「現今的國界」以及「未定界」上
一大片「爭議的領土」

國界如何界定？
憑軍力的強度
憑智慧的狡猾度

5

我與一位美國朋友
在界碑前分立兩邊　拍照留念
當快門一響　我心裡想：
「你踩著的原本是我的土地！」

如果阿拉斯加是隻狐狸
它向西狹長的半島像一條尾巴
而這向南的狹長的海岸
是第二條尾巴了

原來阿拉斯加
是隻雙尾狐

歐遊短章

2016年8月，乘郵輪遊西班牙、法國、意大利、梵帝岡、摩納哥五國，作文藝復興之旅。此行，除組詩《畢卡索作品兩題》外，得短詩十七首。

歷史的芳香──在巴薩隆那

狹窄而曲折的小巷
無一相同的精巧的小屋
透出歷史的芳香
歐洲　畢竟是古老的

這是現代
現代在通衢大街中
建築物千姿百態
千百年後　同樣
透出歷史的芳香

這裡不是
無個性的美洲
暴發戶的亞洲

四隻貓餐廳——在巴薩隆那

兜兜轉轉在曲折的
狹窄的小巷
終於找到這隱蔽的餐廳

青年的畢卡索留連之地
首次畫展之處　一百年前
他為餐廳畫的宣傳海報
現在成為餐單的封面

遊客擁擠在室內低頭吃喝
抬頭拍照留念

我倆在門外仰望
細意欣賞
這建築外牆精緻的雕像

被束縛的旗——在巴薩隆那

紅黃間條　一顆白星
張掛在高層民宅的窗口
抵擋炎陽的
一幅幅窗簾

在西班牙的巴薩隆那
也許應該只說

在巴薩隆那

大郵船駛過
被縛在船舷露台的欄杆
一面不知道甚麼旗

地中海的海風不斷狂吹
亂竄　　不斷變形
旗不像旗

風勢稍緩　　紅黃一閃
隕落了白色的流星

要掙脫　　要獨立
就是這麼艱辛

在阿維尼翁想起梵高——在Avignon

這原野　　這橋梁　　這城牆
是梵高眼中的景致

沿河岸盡是松杉
一閃入目
我發現唯一的柳樹
受風而不搖擺
垂向河水顧影自憐

地中海季候風強勁
吹去塵俗
清新的空氣
使人頭腦清明
但梵高沒有清醒

車過松林
一棵老松是焦黑的樹幹
幹與根相接處冒出白煙
難以解釋的自焚

梵高的《紅色的葡萄園》——在Avignon

想起
梵高生前唯一的商品

渾圓而熾熱的夕陽
心臟突然停止跳動前
那一顆旋轉的子彈

一響之後
成熟的葡萄園不見葡萄
滿園是爆出的血漿

血漿在狂舞
狂歡節中
紅葡萄酒漿瘋狂喧鬧

對大自然的愛與生命的激情
跳動著　旋轉著
留在畫面百年不散

馬賽曲——在馬賽

見到山頭上有大字「馬賽」
知道進入了馬賽境
心中響起了《馬賽曲》

「用敵人的污血
灌溉我們的田地」

就想起
「壯志饑餐胡虜肉
笑談渴飲匈奴血」

就想起
「把我們的血肉
築成我們新的長城」

在和平時期要反對血腥
還是
要尊重血腥的歷史？

聖佐庇——在 St. Tropez

小巷如歷史般彎曲
民房如歷史般低矮
每戶的門窗各有特點
不同的彩色不同的形態
豐富不純如歷史的氣味

意外的又一座
莊嚴宏偉的教堂
對比強烈
前者屬人　後者屬神

也有人神之間的
是隨處可見那一個塑像
燈柱　花槽　路邊的鐵欄杆
以及民房的門楣上　牆頭上

這位聖人的名字
成為小鎮的名字

西方貓與東方貓——在 St. Tropez

偶過美術館
展品全是貓的塑像
彩色繽紛
我想起逝去多年的家貓

老年的加拿大男藝術家
認識了那位
老年的法國女藝術家
勉強用英語交談

她說去年曾在蒙特利爾展覽
他說上月巴黎展出過他的書法
合照留念　交換郵址

他回到加拿大
就收到她傳來貓的畫冊
他立刻回報了他的書法
特別指出甲骨文的「貓」字

但丁故居——在佛羅倫斯

出身寒微
故居總在不顯眼的角落

九歲時的初戀情人早逝
他終生追尋
導致寫成偉大的《神曲》

《神曲》用佛羅倫斯方言寫成
為了讀懂這本巨著
操不同方言的意大利人
紛紛學習這一種方言

使但丁成為
「意大利語之父」

我凝望石塔樓的外牆上
但丁肅穆的銅塑頭像
冥想愛情的偉大

我低頭見到
石版地上但丁的石刻側面像
冥想方言的偉大

街頭畫家──在佛羅倫斯

街頭畫家
卻不是開檔在街頭
檔口掛滿作品
坐著候客的畫家

他在街頭來回走動
作品夾在紙板裡
紙板拿在手上
偶然攤開在地上

閃閃縮縮
賣自己的心血
卻像是偷來的

遊客經過
他打開紙板
突然又收起走避

在翡冷翠遊客區
有軍警巡邏

大衛像──在佛羅倫斯

特大的大衛像在廣場
在紀念品的攤檔
有特小的大衛像

他又成了咖啡杯的把手
還有被割裂的
廚房圍裙印著他的下半身

我只看博物館中
那原大的
原作的大衛像

廣場的聯想──在翡冷翠、羅馬

在翡冷翠的
聖克羅齊廣場
一隻白鴿
停在惡鷹銅像的頭

排洩

在羅馬的
人民廣場
一群白鴿掠過
不知名的怪鳥的銅像
鳥頭　是龍的頭

凡是歷史名城
一定有廣場
不論西方東方

大使館的國旗——在梵帝岡

通往廣場的大道
夾道是大型的古典建築群
外牆斜撐起
一面面不同的國旗
應該是邦交國的大使館

那人注目於
那一幢建築物的
上下兩面國旗
青天白日下一片紅楓葉
他是它們的國民

教宗訓示——在梵帝岡

沒有留意到今天是星期日
沒有留意到現在是正午
剛進入聖彼得廣場
鐘聲就響

教宗出現
在那個懸旗的窗口
相信是作每周的訓示
萬眾歡騰

聽不清楚
也不必聽清楚
想來最高的祈求
是世界和平

比薩斜塔——在比薩

人人都作狀
奮力頂住要倒的斜塔
其實是虛擬的假象

沒有一個人走近
去親手撫摸
塔身的大理石
感受溫潤與清涼

華美的背後——在五鄉地（Cinque Terre）

海上望見
懸崖上一個接一個的村鎮
屋牆都是紅橙黃系列
歡快的色調

千百年來
在海崖在峭坡開出梯田
種植葡萄　橄欖和檸檬
土牆延綿幾千公里

為防海盜　建碉堡砲樓
里巷刻意複雜蜿蜒
我想到韓國濟州島的民居
沒有煙囪也不見門窗

華美的背後
背負著艱險

地中海的落月——在地中海，午夜

半夜睡醒
露台外有下弦月
月影在海水上飄蕩

月亮向海平線下降

落日見得多了
難得見落月

月亮加速下沉
天色似乎越來越暗
金色的月亮
竟然變成紅色

紅色的月下沉到海下
我想到人間事物
臨終時　會來個突變

慶州十九首

「第18屆韓中文化論壇國際學術大會」2016年9月在千年古都
慶州的百年大學「東國大學校」舉行，會後有文化參觀。此
行全程興奮異常，成詩十九首以記其事。

聯合國的午餐

車子從首爾開出幾個小時了
迎接我們的
是慶州的豪雨

停在古式建築的韓食餐館
飢寒交迫
大家爭相衝進去
見座位就搶著坐

一席八個人　互相介紹
你是香港的
你是中國大陸的
你們兩位是台灣的
你倆是泰國的
我倆是加拿大的

這聯合國的午餐

選用韓食
是潘基文秘書長安排的

因為風雨太大
秘書長遲一些才能到

在韓食館的坐姿

沒有椅子　盤膝而坐
有些人坐得很舒服
尤其是南洋來的佛教徒

也有雙腳側向一邊
也有把腳直直向前伸

我怎麼也不舒服
我跪著
我跪著才舒服
也許我是上古的人

緣

在我所屬的分組
或者在作「司會」的分組
我一定提出
為甚麼我和你們幾位共處一室？
而不是和別人？

東國大學校是佛教大學
我解釋為「緣」
不知我前生如何修到
或者幾生才修到
萬里相會共處一室

被鬼追

「每位發言 10 分鐘」
近萬字的論文如何宣讀？
大家都有被鬼追的表現
起碼我有被鬼追的感覺

在最後一個分課
白板上寫明
會議開到 6 時 20 分結束
6 時 30 分出車

最後一位超時還在講
我加給他兩分鐘
兩分鐘又過了

我說：
「講得好　大家都愛聽
遲到我負責　我給你再加
十秒！」

學術自由

關於台灣文學的論文宣讀完了
自由討論

兩位對岸的學者之間
好像互讓
也好像堅守自己的論點

開始聞到火藥味了
好像涉及統獨
似乎要隔海砲戰了

宗教和政治
是人腦中最頑固的部份

人生不自由
學術自由
有甚麼不可以討論？
有甚麼不可以爭論？

不莊重的海外學者代表

豪華的宴會廳
歡快的歡迎會
那位加拿大來的吸引了
眾人的眼睛和耳膜

在莊重的場合
不莊重

他說韓劇看得多了
知道所謂「代表」是人人敬畏的
選他這學術最淺的人為代表
是因為韓國敬老　他最老
30年代是中國新文學的輝煌期
他感謝父母
讓他剛好抓住30年代的尾巴

還有是因為他最遠
比德國來的學者還遠一點
孔子說過：
有朋自最遠方來
不亦最樂乎？

與會者姓韓的
還有一位首爾大學的韓瑞英教授
而他是唯一姓韓的外國人
貴國「國家的名」正是他「家族的名」
所以特別優待
給個幾分鐘的代表做做

不吃

妻子又在埋怨我

每逢宴會我總是不吃

這歡迎會
豪華的大廳　精美的食物
我就是幾乎沒有吃

忙著與人交談
忙著與人合影
忙著到處拍攝
都是新朋友
從此一別此生還會再見嗎？
怎可錯過聯誼的機會？

海外代表的正經話

在韓國來說
我的加拿大當然是「海外」
若試從我的母國中國來說
加拿大也是她的「海外」
我是雙重的
如假包換的「海外」

海外移民作家的身份和立場
是個值得研究的課題
是很好的學術論文的題目
我自己也寫過幾篇

大會迄今
開得緊湊而有效
一切都很順利
今天我參加過兩個分組討論
一是所論極為深入
一是爭論面紅耳赤互不相讓
這是學術研討會最應有的表現

唯一對大會不滿的　是會期
我想大家都有同感
大雨滂沱大家變落湯「鴨」
希望下次聘請高人
準確預測一年後的天氣

中國南方有句諺語：
「貴人出門招風雨」
感謝慶州的天
感謝慶州的雨
讓我們大家都升了級
升為「貴人」了

師生戀

四人同行
她說：「他以前是我的老師」
我說：「師生戀」

來自德國的作家問她的配偶
「你打分數時有給她鬆一些嗎？」

他猶豫了好一陣說：「沒有」
我說：「你說沒有　我們不相信」

心中的哈爾濱

她回答我
是在哈爾濱出生和長大的
我說七十年代末我去過

我還記得那個回旋處
當中的銅像　馬車
和歐式日式的建築

我每次向人提到
許多年前我去過大陸
不論是甚麼地方
對方總是說　再回去看吧
現在好得多了

她是第一個說相反的話：
不必回去看了
你看過的好看的舊東西
都拆掉了

我計算過
一九七九年冬至日
我走下冰封的松花江
把亡妻的骨灰作「雪葬」的時候
她一歲
她是親眼看著如何拆掉的
她比我更心痛

王陵

車行慶州市區
一座座一座座高大的圓丘
生滿了青草
相信是王陵

據說有一個王陵
建在海岸的水裡
因為他有一個遺願
入水化為龍
抵抗日本人的侵犯

夜遊雁鴨池

歡送晚宴後　上車
夜遊去　夜遊？
我說：「觀光　還是觀黑？」

一些大燈照射
雁鴨池的亭台水榭
加上茂密的綠樹
實體與倒影都金碧輝煌

隱去日間的繁雜
把漆黑一片
變得神秘奇幻

身邊的學者
好像回應我上車時的話：
「靠這些燈光　我們觀光」

疊石

雁鴨池的山邊
有許多石頭　其上
小石子疊成了疊石

我想到印第安人愛疊石
我想到民歌〈敖包相會〉的敖包

「敖包」的譯名真不好
讓人誤以為蒙古包
其實是路標疊石

在曠野難以認路

於是放了石頭
路過的人依規矩加上一塊
繞路標三圈才走

這些石子這麼小
疊上去是甚麼意思呢？

我不管甚麼意思
走回去
我也疊上一塊

韓牧的姓

秦時有韓姓者行刺秦皇
不果　皇下令殺盡韓姓

韓某藏身舟中
秦兵到　問姓　扮啞
時值隆冬河水結冰
手指外　心意為「寒」
兵以為「河」
脫險後　子孫以「河」為姓
後改為「何」

「河」姓在中國未見
韓國明星我知道有幾個

那位韓國學者聽罷　告訴我
韓國沒有姓「何」的
我想　我的「河」姓祖先
當時就移居韓國嗎？

我已經老？

上下樓梯　石級
總有人搶著來攙扶
輕便的行李
也搶著代我提

韓國特別敬老
但我還未老

在加拿大哪有這樣的？
我的文友不乏九十後的
甚至零零後的

是你們提醒我
我已經老了　討厭！

小女孩教授

去佛國寺
要走一條長長的山路
山霧迷漫

我們一群學者教授
三三五五
沿途喘著氣地閒談

香港來的那位年輕學者
特別身高手長
不必用自拍杆
伸手自拍

六七個來自各地的
年輕女子
爭相湧向鏡頭
有嬉笑的　有側頭作狀的
有豎起 V 形手指的

平時在課堂全是大學教授
一下子變成天真的小女孩了

懂韓語

兩位韓國學者在交談
我站在旁邊聽

他走過來　問我：
「你也聽得懂韓語？」

「聽不懂

我不會聽　但我會講」

「會講甚麼？」
「會報導新聞」

於是我模仿著電視新聞上
那北韓女主播
好像一直在罵人的新聞報導

他一邊笑一邊說：
「像　真像」
那兩位韓國學者也都笑起來

回到唐朝

這裡不會是慶州
慶州在大雨中

這裡天晴　悶熱
誰都要除下外衣

看這佛寺　這石窟
這分明是驪山蒼翠的松樹
驪山的晨霧

我回到了唐朝
這裡是長安

我急急舉機拍攝
怎麼？
唐朝已經有照相機？

大合照

老天格外開恩
連日的大雨停了

三三兩兩　輕輕鬆鬆
走在寬闊的紅泥山路上
左邊石崖有松鼠出沒
右邊斜坡是高樹成林

薄霧瀰漫
意境迷離而幽深

兩天來緊湊的會議的束縛
一下子鬆了綁

幾十人的大合照中　細看
絕大部份的臉是笑嘻嘻的
絕少部份的臉是平靜安祥
愁眉苦臉　一個也沒有

我照相機裡的記憶卡
此行有上千個記憶

而這大合照
最有紀念價值

2016 年 9 月，慶州、烈治文。

首爾十九首

2016年9月，「第三屆韓國世界華文文學國際學術研討會」
在首爾「韓國外國語大學校」龍仁校區舉行，會後有文化參
觀。此行愉快異常，成詩十九首，以記其事。

瓦簷

現代建築
鑲了裝飾性的瓦簷
一角小園的圍牆頂也鑲了
公車站　路心的小亭子
也有瓦簷
一根磚柱也有瓦簷

瓦簷本應是在室外的
看這平民化的小餐館
室內四周　環形的
鑲了一圈瓦簷

發現一輛「的士」
車頂上的「TAXI」燈箱
也有瓦簷

韓國人愛美同時愛懷舊

所以愛瓦簷

毛筆

車行大街上　瞥見
一個大型雕塑矗立
一枝巨大的毛筆
正書寫地面

中台港澳都沒有
日本南洋相信也沒有
這毛筆雕塑
應是世界上獨一的

仁寺洞的大街小巷
一家接一家的毛筆莊
這時代還有誰用毛筆呢？
除了書畫家
中小學生都沒有書法課了

我不知道
為甚麼有這麼多毛筆莊
我只知道
我寫書法時最常用的狼毛筆
是古代韓國人的發明

拍攝兒童

見到兒童我一定要拍攝
我要拍攝韓國的未來

十幾個幼童走過來了
老師帶頭　老師押後
我正舉起相機
帶頭的老師出手禁止
「不要拍！」

我馬上停止動作
其實已搶拍到一張可愛的照片
裡面還有她禁止的手

「龍鳳呈」甚麼？

昌德宮的後苑
有一根高大的方形磚柱
四面有精美的浮雕
每面各有一個漢字
字體是工整的秦篆

我環柱仰望
「龍」「鳳」「呈」──
第四個字一定是「祥」字了

不是「祥」是「貴」
是中國古代稱「龍鳳呈貴」
還是韓國的習慣呢？

虔誠的佛教徒

昌德宮的轉角處
有一座佛堂

那青年學者是誰？
他一次兩次三次四次的
向佛像跪拜　五體投地

我還沒有時間翻看那本「大書」
但可以肯定　他的論文
沒有抄襲　沒有剽竊

人參雞湯

主人盛情
午餐去吃人參雞湯

雞鮮嫩　湯「鮮甜」
人參粗如我手指

在加拿大我也吃過
在名為「景福宮」的韓食館

人參粗如我手指　拿著的
韓國銀筷子

摺扇

除了毛筆莊多
賣摺扇的店也多
各式各樣精美得很

是韓國天氣特別熱
又沒有風扇空調嗎？
韓半島不在熱帶呀

中國開始有摺扇
有一說是唐代由高麗傳入
我相信

南山谷韓屋村

在我生長的中國南方
李屋　就是李姓的人的村落
楊屋　就是楊姓的人的村落

南山？
我祖父的墓在一座高山
我清楚記得
麻石墓碑刻了一行字：

「本山座乾向巽屯於南山大排之原」

南山韓屋
這是我祖父的家嗎？

毽子

在韓屋村的曠地上
有幾種舊時的兒童玩具

這不就是
我童年時的毽子嗎？

拾起來
踢起來
一下子回到了童年

涼亭頂上種南瓜

從沒見過
種瓜　種在涼亭頂
在南山谷韓屋村

從地面引上去
瓜葉滿佈亭頂
已經結了個大南瓜

美觀　省地方
直接吸取雨露和陽光

拍攝太多

妻子告密：
前面那學者
剛才說你拍攝太多

他不知道我在加拿大
是許多文藝活動的
義務「隨軍記者」
文字兼攝影

我剛拍到一張
神來之作　得意之作

是在開會時
他英俊的臉凝望演講者
他左右肩頭上
各有一個美人相伴
是坐在他後邊的兩個
韓國美少女研究生
三人視線同一目標

待我傳送給他
他不會再說我拍攝太多了

于堅老師

「叫我于堅好了
其實我比你年輕許多」

我說：「老師這個詞不關年齡
十來歲的幼兒園的　也稱老師」

叫妻子做「媽媽」
叫丈夫做「爸爸」
是跟兒女叫的

想來
教授之間互稱「老師」
是跟對方的學生叫的

喜鵲

昌德宮中　妻告訴我
灌木林的地面有一隻鳥

背黑肚白
黑色中泛金屬的藍光
那是喜鵲
我走近　它不怕我

我離開亞洲移到美洲

二十多年沒有再見到喜鵲了
謝謝你讓我可以走得這麼近
細細觀察

我側頭看你
你也側頭看我
正所謂「相看兩不厭」
為甚麼呢？

一分鐘兩分鐘過去了
你飛走了
我忽然醒悟
你是韓國的國鳥

一雙白色的小蛺蝶

一叢野白菊在牆頭
一雙白色的小蛺蝶
在其上翻飛
飄飄忽忽

上個月
你倆還在我家的後園徘徊
為甚麼忽然出現在這裡？

心鎖

鐵絲網上
千千萬萬把小鐵鎖
互相勾連在一起
都有心形的圖案
都寫上一對情侶的名字

這種鎖沒有鎖匙
一經鎖住就永遠打不開
那是永結同心的意思嗎？

有些已經生鏽了
若干年後
一定因鏽蝕而損毀

同心要永結
不在鎖
在心

先關心的

開會中
我拿出一本與妻子合寫的詩集
加了上下款　靜靜地
遞給我鄰座吉林大學的教授

她先看目錄
翻到《作家群像》那一頁
細看

合譯

接待我倆的美少女
是漢語文研究生

她韓文優秀　我漢文優秀
可以合作翻譯出
優秀的譯文

學清代的林琴南
她說一句　我寫一句
就是漢譯
我說一句　她寫一句
就是韓譯

我提出
不論漢譯韓譯
聯名時她帶頭
「沈叡禛　韓牧合譯」

她起初高興到不得了
她沒想到
我連一個韓文字母都不認識

就要做翻譯家？
韓牧會這樣不要臉嗎？
不是虛名盡毀嗎？

老壽星

總結發言時
他說我一是愛攝影
二是年紀雖大精神好
說再過幾年
撐了拐杖
十足像個老壽星

我想　我是現代人
不是左手執杖　右手捧桃
禿頂凸額的南極仙翁

我立刻說：「不必拐杖」
我心裡說：「健步如飛」

木槿花

來得及時
我從來沒見過
原來這正是木槿花

沒有牡丹的華貴

華貴常常會帶驕氣
沒有梅花的冷漠
冷漠常常會帶傲氣

現在是盛開處處
想入冬後一定凋謝
我為你拍照

明年夏天
我不一定再來
我知道你一定在枝頭等我
因為我曾悉心的
為你造像

2016 年 9 月，首爾、烈治文。

餞別群歌

　一陣東風
把韓國的阿里郎　吹到中國的長城

「長城外　古道邊──」
（太娘娘腔了！　他自己說的　大家笑起來）
那個加拿大人跌在起跑線上

大家攙扶助唱　南京最用力：
「荒草碧連天……」長城連到哪？
連到台灣「故事多的小城」

座中有的是詩人　朗誦好了
中國老年詩人　朗誦自己的新體詩
泰國青年詩人　朗誦自己的舊體詩

三十年代的人　唱童年時的歌
周璇的電影《漁家女》的〈交換〉
引來了李英愛的《大長今》

哈爾濱和台南合唱出《萍聚》　是的
萍水相逢的人　相聚了
馬來西亞「不常開的好花」中
「好一朵美麗的茉莉花」

韓國美少女唱中國歌

蘇州人唱蘇州彈詞
唱罷「輕颺的楊柳」
那跌交的人說他要翻譯成國語
臨尾　他聲音高亢得「直上重宵九」

彈詞的吳儂軟語原味盡失
有如用俄羅斯語唱廣東小調
他又跌在終點線上了

來自德國的歌聲：
「但願從今後　你我永不忘
　莫斯科郊外──」怎麼會是莫斯科？
「首爾酒家的晚上！」

中國情歌從山西響起
引動泰國語溫柔的情歌《水燈節》
引動韓國研究生的
《月亮代表我的心》

害羞的美少女只肯唱上半首
連「輕輕的一個吻」都不敢
原來她的月亮　是只有上半的
下弦月

那位坐在角落的韓國學者

也是含羞答答的　　他唱的韓語歌
原來叫《愛情》　　難怪

當大家迷醉在愛情的歌聲裡
突然爆出一個炸彈
我們一起從雲端跌落現實

是誰憤慨激昂
悼念學生時代的民主運動中
壯烈犧牲的戰友？
是姓朴的主人

幾瓶濁酒　　餘歡不盡
今宵的別夢　　不寒
是溫暖的　　是熱烈的

後記：2016年9月，「第三屆韓國世界華文文學國際學術研
　　　討會」在首爾「韓國外國語大學校」舉行。9月6夜，
　　　餞別，出席者韓方有：朴宰雨박재우、朴南用박남
　　　용、金敏善김민선、沈叡禎심 예진等。海外方有：
　　　高關中（德）、于堅（中）、翟業軍（中）、湯哲聲
　　　（中）、廖淑芳（台）、石娟（中）、戴小華（馬）、
　　　范軍（泰）、許秀雲（泰）、杜穎娜（中）、勞美玉
　　　（加）、韓牧（加）等。灌了幾瓶濁酒之後，全部人真
　　　情流露，爭相歡唱。

范軍：韓牧《餞別群歌》詳解

　　餞別晚宴酒酣耳熱之後，有人提議表演節目。最初的表演是由朴宰雨和朴南用兩位韓國教授合唱韓國傳統民歌《阿里郎》。朴南用老師開玩笑說這首民歌是老人喜歡唱的歌。所以朴宰雨先生又唱了一首年輕人喜歡的歌曲。其後，加華詩人韓牧先生自告奮勇唱中國歌，在一時不知選取什麼歌曲的時候，在大家一致建議下唱起了中國人幾乎人人能唱的百年名曲《送別》（又名《驪歌》），這首歌由中國著名詩人、藝術家和高僧李叔同（弘一大師）填詞。一開始，韓先生調子起高了，聲音很高，韓先生自嘲唱得太"娘娘腔"了，引起了滿堂開懷大笑。

　　這首歌曲的歌詞正好符合當晚餞別晚宴的情境，所以，歌至曲半即成了全場的合唱。合唱的眾聲之中，來自南京大學的翟業軍教授聲音最嘹亮。此曲唱罷，大家請來自馬來西亞華文作家協會的戴小華會長唱歌，戴女士唱了台灣著名歌星鄧麗君的《小城故事》。歌詞中有一句："小城故事多，充滿喜和樂。"

　　晚宴中有中國著名詩人于堅、加華著名詩人韓牧、韓國詩人朴南用以及泰國年輕詩人范軍。席間不會唱歌的可以朗誦詩歌。詩人于堅第一個朗誦，他朗誦的是他寫於1986年的那首著名的《在漫長的旅途中》。詩人充滿節奏感且低沉的聲音非常迷人，傷感而溫暖的詩句則感人肺腑。來自泰國的范軍老師也將近日所寫的一首小詞《南歌子》朗誦給大家。詩人朴南用也朗誦了他的韓語詩歌，可惜除了韓國師生，其

他人都沒有聽懂。

韓牧先生是生於三十年代的長者，在晚宴中最年長卻最活躍，他獻唱拍攝於1943年的中國經典影片《漁家女》的插曲《交換》。韓先生演唱電影歌曲令大家不約而同想起來韓國明星李英愛主演的紅遍亞洲的電視連續劇《大長今》的主題歌，並且有人情不自禁唱了起來。

生於哈爾濱而在蘇州教育學院工作的石娟教授和來自台南成功大學的廖淑芳教授在大家的邀請下合唱了膾炙人口的流行歌曲《萍聚》，來自各國的與會者的確像浮萍一樣難得有緣在首爾相聚。

大家邀請南京大學的翟業軍教授唱歌，戴小華會長建議唱《何日君再來》，並且幫忙起了頭："好花不常開，好景不常在。"翟教授表示不會唱，最後生於江蘇工作於南京的翟老師唱了江蘇民歌《茉莉花》，歌聲溫柔，引起了大家的合唱："好一朵美麗的茉莉花。"

來自蘇州大學的湯哲聲教授唱了為毛澤東詩詞《蝶戀花·答李淑一》譜曲的蘇州評彈："我失驕楊君失柳，楊柳輕颺直上重霄九。"那跌跤的人是作者韓牧的自稱，因為他唱的第一首歌調子起高了，湯教授的評彈引起了韓先生的興致，他說湯教授唱是蘇州方言，他則要唱國語版，然而這一回韓先生依然調子很高，聲音高亢。

韓牧先生自嘲自己用普通話把吳儂軟語的蘇州評彈唱得原味盡失，好比用俄羅斯語唱廣東小調，所以幽默地說開頭跌跤，最後又跌跤在終點線上。

大家一致邀請來自德國漢堡華文作家高關中先生演唱，高先生在大家建議下唱起來年輕時流行的俄羅斯歌曲《莫斯科郊外的晚上》，來自山西的杜穎娜老師和韓牧先生伴唱，

歌曲最後唱到：“但願从今后，你我永不忘，莫斯科郊外的晚上。”詩人幽默地調侃：此地不是莫斯科，應該將歌詞改為“首爾酒家的晚上”。

來自山西太原的杜穎娜老師唱起了家鄉高亢的“西北風”——上世紀八十年代非常流行的《黃土高坡》。北方民歌后，來自泰國的許秀雲老師則唱起了泰國的歡快的民謠《水燈節》，水燈節是每年十一月放水燈祈求平安幸福的泰國傳統節日，這個節日是情人幽會的時光，所以被稱作泰國情人節。

韓國的研究生也在老師們的鼓勵下唱起了中國著名的愛情歌曲《月亮代表我的心》，可是害羞的韓國美少女只唱了一半，下半首重要的一句：“輕輕的一個吻，讓我思念到如今。”或許是因為害羞沒有唱出口。詩人幽默地比喻她唱的月亮是只有上半的下弦月。

坐在角落里的韓國學者指的是朴南用教授，內斂安靜的朴教授也被歡樂的氣氛感染，唱了一首韓語歌《愛情》，詩人幽默地說他唱得羞羞答答正符合歌曲的的情景。

當大家接二連三大唱愛情歌曲的時候，朴宰雨教授作為晚宴的主人，給大家壓軸獻上了青年時代為追求國家民主參加學生運動時的歌曲《活著的，跟我來吧！》這是一首悼念犧牲的戰友，號召倖存者繼承戰友們的遺志繼續前進的歌曲，朴教授唱得激昂慷慨、響遏行雲，詩人比喻為像一顆炸彈爆響在迷醉於愛情歌曲的眾人的耳膜中，振聾發聵。

韓國的米酒非常美味，因為是白色不透明，詩人按照中國的古代的習慣稱之為濁酒。詩酒一家，酒助詩興與歌興，大家暢飲歡歌，快樂無比。詩人韓牧最初唱的那首《送別》的最後有一句：“一壺浊酒尽余欢，今宵别梦寒。”這場告別的晚宴帶給大家的快樂和友誼將不會隨著晚宴的結束而結

束，所以說餘歡不盡。飲酒暖身，所以別夢不寒，而帶給大
家溫暖的不止是美酒，還有韓國主人的熱情與友誼。

黃虎旗

2016年9月，在台北「國立台灣博物館」見「黃虎旗」，即成初稿，10月校正於烈治文。

1

甲午年
日軍進逼台灣澎湖的同時
進逼北京

馬關春帆樓上一紙條約
清廷自保　拋棄台灣

台民不甘淪亡只有自保
匆匆建立「台灣民主國」
藍地黃虎旗在台北升起

一頭神聖威猛的黃虎
踏著雲朵　穿過烈火
虎步　昂首向天

基隆獅球嶺戰況慘烈
砲台失守
黃虎同時失去兩隻後腿

斷了尾巴
成為日軍的戰利品
收藏在皇宮後苑

民主國總統　副總統等等
原是清廷的大員
大軍壓境
接二連三逃回大陸去了

義軍首領都是本土人
北部有獅　簡大獅
中部有虎　柯鐵虎
南部有貓　林少貓
是所謂「閩三猛」

接著是「客三傑」
吳湯興　姜紹祖　徐驤

以菜刀　鐮刀和竹杆
抵擋日軍的大砲火槍

甲午戰爭
是恥辱的清日戰爭
乙未戰爭
是悲壯的台日戰爭

以為一個師可以接收成功

結果要動用兩個半師
以為一個月內可以解決
結果延續到五個月

黃虎旗
從台北飄揚到台南之後
就不再飄揚了
民主國只有五個月的壽命
卻堪稱亞洲第一個共和國

黃虎旗雖成為俘虜
但這一頭受傷的黃虎
成了台灣人民的象徵
繼續延綿長達二十年的抗日戰爭

2

今年
黃虎旗獲評定為國寶
珍藏在台灣博物館裡
五年前發現國旗是雙面的
埋藏在厚重的裱背紙下
背面有另一頭黃虎

正面的　瞳孔放大圓睜
這是夜行虎
背面的　瞳孔收縮成彎線

那是日間虎
有人解釋為「日夜護國」

而我認為
它是世界上唯一的
正面背面有異的國旗
黃虎踏著雲朵　穿過烈火
虎步　昂首向天
設計者一定是位詩人

他還預測了歷史的進程：
黑夜的背後是白晝
台灣首先要穿過黑夜
黑夜之後
就迎來了黎明

台北兩天自由行

版權頁

行李一搬進酒店房間
我就憑窗下望街景

這條街我沒來過
卻好像很熟悉

很多招牌都是書局：
三民書局
黎明文化公司
台灣商務印書館……

對了
它們都出版文學書
五十年前就常常見到它們
在版權頁上

公車報站

隨意上了「國光客運」公車
聽到了報站聲：

正義郵局到了

忠孝站到了

復興站到了

信義站到了

所謂「耳濡目染」
日子久了　就影響人心

躍進街　紅旗路
也都一樣

箭和樹

隨意的下了公車
無意中逛到金山老街
一家小店的門前
堆滿碑帖和毛筆
書法？　我最迷戀的藝術

赫然見到「蔡松男」三個字
他是擅狂草的書法名家
我在海外早已見過作品
原來隱居這裡

萬里相會　巧也
意外相識　緣也
他生於斯長於斯老於斯
始終在這小小的金山老街
創作　出版和教育

每逢周末和假日
他總在自家的藝廊門前
揮毫示範　他還網上傳授
這最傳統的藝術

矢志不渝　是離弦的箭
紮根本土　是不移的樹

薑花

金山老街的街邊
一個老婦人在叫賣薑花
十五元一束

妻要買一束
老婦人遞給她兩束：
「二十元」

馬上就要回酒店收拾行李
明天一早上飛機了
買薑花？　如何處置？

妻接過兩束薑花
給她二十元

買的不是花
是人情

歸人

第一次到淡水
一出車站
迎面是幾個直幡

「國際詩文交流大會」
「詩情海陸詩書特展」
「淡水福爾摩莎國際詩歌節」

走到河岸
沿岸一個個大木箱上
貼上尺幅巨大印刷精美的
新詩

這是「文化淡水・城市詩展」
有水岸詩展　街道詩展
店家詩展　情詩牆
海上朗詩會暨音樂會
109 位詩人 109 首詩的盛會

詩　是我最迷戀的文學
可惜我是個過客
不是歸人

其實　我不是過客
我是歸人

凡有詩之處
就是我的家

銅像的基座

那邊有一個孔子銅像
走過去拍照留念

基座有兩層
顯然是在原有的基座上加厚
以前的銅像一定比較高大

日治時代
這基座上是日本的「偉人」
總督府中央銀行的總裁

二戰後期物料缺乏
銅像收集到兵工廠
熔鑄成武器

二戰之後　基座上矗立的
是飛虎將軍陳納德
現在又換成了孔子

銅像的基座
如固定的國土
其上的銅像
是變幻莫測的政府

台灣博物館

融合了希臘羅馬古建築的精華
採用了黑大理石和白寒水石
加上優美的西洋式古典雕塑
這博物館的外殼
是永恆的藝術品

從日治　到光復　到現在
博物館的主人換了
但外殼不變
內容也不必換

動物　植物　礦物
民俗器物　民族學器物
原住民的文物
以至鎮館之寶的
鄭成功畫像

康熙台灣輿圖

唯一需要改變解讀的是
「藍地黃虎旗」
「台灣民主國」的國旗

日治時它是戰利品
是叛民的「偽旗」

而現在同樣是戰利品
卻是
台民的「義旗」

2016 年 9 月初稿於台北，10 月校正於烈治文。

加拿大國旗

2017年7月25日，遊加美國界線上的和平拱門公園後作。

1

和平拱門之頂
南方的美國旗合符標準
北方的加國旗不合標準

長寬比例：
標準的美國旗是 19:10
標準的加國旗是 20:10

想是為了兩旗一致
加國旗就給縮短了

象徵太平洋大西洋的紅色
正常

象徵國土的白色收窄
連帶象徵人民的楓葉也縮小了

他　早就向加拿大政府提出
至今依然

2

那次與妻到美國參加國際詩會
全球詩人歡聚一堂
我倆歡不起來

報到時　大會記錄上
把我倆的住址卑詩烈治文
當成是美國的地方
把我倆當成是美國人

難怪有時在美國會見到
加美兩國國旗並列時
加拿大國旗會矮一截

大概很多美國人以為
加拿大
只是美國的一個州

洛磯十九首

2017年7月，韓牧、勞美玉帶領范軍、許秀雲同遊加拿大洛磯山，得小詩十九首。

動物天橋

讓野生動物
安全橫過高速公路
每隔一段距離
有一道天橋

文明人　愛護人
又及於野生動物

野蠻人　殘害野生動物
又及於人

蜂蜜

養蜂場中幾十種蜂蜜
採自幾十種不同的花
我用幾十枝牙籤
嚐盡每一種

其實味道相差不大
印象最深的
是苜蓿花和紫薊花
苜蓿　我想起漢代西域的馬
紫薊　我想起逝去的家貓的故鄉

是不是因為年紀大了
就愛懷古？　就愛悼亡？

金漢大酒樓

在一個忘了名字的小鎮
有唯一的中國餐館
「金漢大酒樓」

都說是荒僻小鎮文化不高
「漢」字多了一橫
「酒」字多了一點

我卻欣賞它的純樸天真
以書法史角度看
它近於隋唐楷書定型前
南北朝的北魏

以現代藝術角度看
那是素人的作品
藝術家缺乏的

就是這純樸天真

祖與孫

午飯完了
大家匆匆走向旅遊車

年老的祖父
雙手捧著個四五歲大的小孫子
吃力地走

小孫子好像躺在搖籃
逍遙自在
兩眼盯著
兩手玩著　遊戲機

雲深不知處

怎麼白雲
常常會繞過我們的身上？

綠樹　灰山　白雪　藍湖
看不盡的好景致
使我們忘了
其實我們一直
身在兩三千米的高山

灰熊一瞥

突然有人大聲疾呼：
「看！那邊有熊！」

很遠的山坡的冰地上
依稀一隻未成年的灰熊
一瞬間跳入樹叢

身旁的人都沒見到
而我見到
於是我想起母親

是她給了我
年屆八十了
一雙毋需戴眼鏡的眼睛

指導攝影取景

說來說去
就是要分主次

避開打擾視線的
突出主題

你們都是學者　作家
寫詩作文不也一樣嗎？

第一民族的酋長

在這人稱「洛磯山鑽石」
我稱「洛磯山碧玉」的
露易絲湖邊
屹立著一位軒昂的
盛裝的酋長
大家爭相與他合照

他才是這土地的主人
這美麗湖泊的主人
我們是掠奪者

Fireweed

我知道火葦
常常在戰爭後的戰場
湧現

就像珍稀的羊肚菌
常常在山林大火之後
從灼熱的土地冒出來

在這延綿千里的冰山
竟也見到火葦

只能解釋：

火葦的生命力特強
既可以抵受火
也可以抵受冰

疊石

走向冰原的途中
有一座巨石
其上一柱五疊的疊石

想到韓國慶州的雁鴨池
在佛像前的
蒙古民歌《敖包相會》中的
以及印第安人
作為路標的疊石

而這
無關宗教也無關交通
想來是一種懷念
讓過客追想疊石的原意

冰川上的山羊

冰川上有幾隻山羊
寂寞憂鬱
與灰褐的泥石一樣的顏色

沒有毛
如何抵受嚴寒？
沒有草
如何維持生命？

據說牠們可以從地表
吸取營養
也就是吃泥沙嗎？

惡劣的環境
使動物變成植物

記錄凜冽的寒風

站立在冰川之頂
凜冽的寒風強勁

拍照了
我反而脫去外衣
揚起　讓風勁吹

我要記錄
凜冽的風速和風向

防滑

身上是強勁的風

腳下是濕滑的冰

他的左手接過我的空水瓶
蹲下為我取水
這匆匆流動的萬年的冰水

她　雙手緊緊捉住他的右手
為免他滑倒

取到了
他的右手緊抓住我的左手
這麼親熱？
為免我滑倒

都站穩了
每人喝一口萬年的冰水

伴隨不朽

雄偉威嚴的洛磯山
是著名電影的背景

這是《大江東去》的急流
這是《斷背山》的峭峰
這是《齊瓦哥醫生》的山林

洛磯山不朽

優秀的藝術品伴隨

天妒山林

連日所見　滿山滿谷
延綿著稠密壯麗的松柏

突然見到車窗外
一架直升機吊著一桶水

我省山林的百多個火場
燒了兩個月仍然在燒

山火　是雷電所導致
天妒壯麗的山林

微型教堂

一閃而過
微型教堂小如玩具
黑頂白牆
前門兩重簷
簷上小塔
塔尖一個十字架

微型建築
裝得下廣闊心靈

冰酒

釀酒廠中
可以買到加拿大國寶級冰酒
而在國際市場上
絕大多數都是假貨

你不喝酒的吧？
你也買一箱？

原來是帶回中國
孝敬老爸

樂斯戲院

又是一個記不住名字的小鎮
有一家戲院
名字叫「Roxy」

一定要拍照留念
「樂斯戲院」
是我此生所見的第一家戲院
在澳門的河邊新街

相隔太平洋
相隔七十年
兩家戲院同一個名字

「最後一釘」新聞照片

來到 Last Spike 紀念碑
我記起　若干年前
我買過一張舊報紙複印本
1885 年 11 月 8 日的

加拿大太平洋鐵路
東西段交接典禮的新聞

照片中人頭湧湧
卻沒有一個華人面孔
雖然平均每一里鐵路
就犧牲幾個華人

昨天的新聞
不等於歷史

泰國寫生二十四片

2017年11月，與美玉赴泰國曼谷參加「東南亞華文文學研討會」，會期前後，蒙好友范軍、許秀雲伉儷款待，暢遊泰南、泰北。2017年12月成稿。

大學生校服

四十六年前首次到泰國
見到中學女生的校服
一律白衫黑裙

華僑崇聖大學校園中
三三五五的大學女生
也是白衫黑裙

大學生也要穿校服嗎？
我未見過　即使有
有樸素到沒有彩色的嗎？

姓名的漢字

大學校園的中央
矗立著創校者的銅像
基座幾行泰文之間

三個大大的漢字

字體分明採自電腦
雖然那一套電腦字
也不算太俗氣

還是嫌太普通
顯不出創校者的特殊地位
應該請與他關係密切的
擅書的德高望重者
專門題寫

若無合適的同輩人
就用他的簽名式

偷拍

一對男女大學生
黑白校服
並肩向我這邊走來

我躲在銅像側邊
佯作拍攝校舍
聲東擊西

我背轉身
打開看成果

原來早已被獵物發覺

女學生笑嘻嘻的
還豎起 V 型的手指
難怪　這是「微笑之國」

墓表拓本

史蹟館中的牆上
懸掛著一張墓表拓本

民國三十七年
吳敬恆撰文
于右任書丹

長達千字的蟻光炎墓表
記錄偉人光燄的一生
反白的拓本　墨黑的底色
難以辨認
難以通讀的草書

字跡是黑中之白
如白日的光燄
象徵著
迷濛不清壯烈淒美的結局

五百年難有的標準草書

五百年難有的標準華僑

孔子像肩頭的壁虎

等待揭幕的孔子像
被膠膜封蔽
一隻壁虎在裡面摸索

牠在孔子的肩頭
牠要爬上孔子的頭
鑽進孔子的腦
看清孔子的思想

牠不知道
即使得償所願
牠所得也不是真正的孔子
只是像孔子的孔子像

泰國國旗

泰國國旗無處不在
是泰國人特別愛國嗎？
我堅信是發自內心
不是「被愛國」

記起童年
我是「中國幼童軍」

我所屬部隊的領巾
紅白藍三色相間
正巧與泰國國旗一樣

抗戰時期
我們很愛國

泰國的別稱

童年時
馬來西亞叫馬來亞
印尼叫荷屬東印度
越南叫安南
泰國叫暹羅

一個同學的集郵票本
有一個國家叫「占羅」

暹字太深
他不會寫

興奮之後

抵達泰國
見到三十多年未見的
嶺南人和陳政欣
我興奮

南洋文友約一百人
都在我提交的論文中見到
來泰之前希望都能見面

百份之二興奮
百份之九十八失望

時間會永恆嗎？

曼谷市區塞車
數十年如一日
永恆如時間

一個女童在群車中穿插
兜售手中的鮮花串

四十六年前是同樣的場景
當時那一個女童
會是她的祖母嗎？

歷史會重複嗎？
時間會永恆嗎？

不是鄉愁

見到雞蛋花
就想起童年少年時

澳門的白鴿巢公園

這一棵洋紫荊
不高　與我相當
卻是我所見過最老的
樹幹粗如我的身軀

我蹲在樹旁
手攀花枝合照
它是我青年中年時的香港

這都是鄉愁嗎？
我一向強調我沒有鄉愁
這不是鄉愁
是鄉思

共同語言

她與我年齡相若
在泰國土生土長
說的是潮州話和泰國話
與我沒有共「通」語言

卻有共「同」語言
是童年時青年時唱的歌

三十年代四十年代

上海的
〈木蘭從軍〉〈夜來香〉
〈月圓花好〉〈香格里拉〉
〈教我如何不想她〉
〈三輪車上的小姐〉……

五十年代六十年代
香港的台灣的
〈江山美人〉〈戲鳳〉
〈不了情〉〈綠島小夜曲〉
〈小小羊兒要回家〉
〈家家有本難唸的經〉……

正是這些通俗的時代曲
讓她可以和我
勉勉強強　愉愉快快
用中國國語溝通

夜航機上鳥瞰月影

上面是上弦月
地面是不斷變形的月影
月影一直不斷的滑行
也許是水田　是河面

不是水田　不是河面
其實只是民居的屋頂

細看月影
恍如在水面下潛行
潛過民居　潛過大路
潛不過大城市
大城市密集著燈光點

一陣烏雲迎面飄過
才知道
月　好像在移動
其實從未移動
移動的也不是月影
是地面　也不是地面
是夜航機

加拿大・香港

偶遇一對白人老夫婦
看來是東歐人
我問來自何處
他倆的城市我未聽過
原來在俄羅斯

我說我倆來自加拿大
他倆不明白
我再說　還是不明白

我說原先住在香港

他倆恍然　說：
香港是世界著名的地方

銅的門把手

清邁美平酒店第 1502 號
是鄧麗君的房間
門外的燈光冷冷照著
她倒下去的走廊

這一對緊閉的木門
浮雕了古典的花草
門縫處微損
可以見到一點金屬的門閂

只有這銅把手才是親切的
發出悅目的金光
那是她無數次轉動時的手澤
推門進去　一個溫暖的家

家鄉混和

我站在海拔 2565 公尺
Doi Inthanon 峰頂
泰國的最高點

草木種類繁多

繁多的花朵和蝴蝶
一如亞熱帶的
香港澳門的郊野
我生活了五十年的家鄉

突然襲來一陣寒風
寒得像寒帶的加拿大
舊鄉　　新鄉
混和在一起

分辨背景

車子在泰北山區繞行
我不會放過　　間歇的
一閃而過的每一個漢字：

唐富學校
華亮村牌坊
歡聯二姓對聯
育群小學
榮民之家
一新校友廣場
沈大媽豆豉店……

是舊時的殘部
還是新來的移民
從漢字的繁體簡體

我分辨複雜的背景

陽台遠眺

從御花園
走上公主王母的行宮
她是華人　聰慧愛民
備受泰國國民的愛戴

照片　手稿　剪報
看不盡的文物

她愛天文
大廳頂設計成星空
牆上的藝術品
灌輸著泰文字母的知識
都是我最感興趣的

那人說　從陽台遠眺
可以望見緬甸

我衝出陽台
層層煙樹後那一片迷茫
有我的公主

中國國花

王家花圃看罷
司機問我們要不要看梅花
但要走回頭路

我說要
於是繞道到達高處
一個小梅林
花期未到　天氣未冷
只見到孤單的兩三朵

白瓣　綠蕊
我已經滿足了
做了幾十年中國人
第一次親眼見到
真正的中國國花
意外的　不是在中國

「黑廟」的外面

她已經走了出去了
不看黑色的巨型的蚌殼
不看黑色的巨型的鱷魚皮

她從如黑夜的黑廟
走向室外的天光

一隻寂寞的花貓
不斷用頭　用身
摩擦她的腳

她不斷用手
撫摸牠的頭

天才畫家

一個泰國畫家的個展
有一幅風格大異
1972年他十七歲時的少作
名為「Go Together」

五條鯉魚在水中聯游
題材　構圖　用筆　用色
純然是中國嶺南派的風格

他是真正的天才
天才是
少年時可以模仿到亂真

他是真正的天才
天才是
成熟後完全擺脫前人的影響
顯示自己的面目

佛像的頭

走過了幾個古城
走過了幾個廢墟

散佈著許多佛塔
安放著許多佛像

佛塔大致完整
佛像的頭都被砍去

是緬甸入侵時破壞的
緬甸不是佛教國家嗎？

低調君子國

芭提雅旅遊車上
各人自報所來自的國家
當我說我來自加拿大
導遊者完全沒有反應

我身旁的越南學者說：
也許他不知道加拿大
以為是個東南亞小國
我說這很好　不像美國
證明加拿大是個低調的國家

「有朋自遠方來

不亦樂乎？

人不知而不慍

不亦君子乎？」

恩師的藝術

走進一座商業大廈

赫然牆上鑲了銅質凸字：

「協達飼料實業有限公司」

正是書法恩師謝熙先生的手筆

這一手嚴謹大氣的楷書

半個世紀前

我曾一筆一筆的臨仿過

也曾遵囑代筆

我從章法　結字

以及每一筆的用筆去鑒定

這絕非別人臨仿

在文友的書房

見到一本《潮汕新字典》

也正是恩師的題簽

這一手莊重古拙的隸書

我也曾一筆一筆的臨仿過

眼見先師的藝術流佈於南洋
高興之外　與有榮焉

小詩磨坊亭

任鬧市的喧囂包圍
任裸女的巨照誘惑

過百盤的盤栽是個樹林
九棵芒果樹是個果園

像在沙漠中找到綠洲
我們到達「小詩磨坊亭」

不會再失散
——重遇嶺南人詩兄

我們正當壯年的那一天
在香港
不期而遇在電梯門口
進門　一同上升到
雲深不知處
我們失散

不知前生如何修到
三十年後這一天
又不期而遇　在曼谷
一個明亮的大廳
白髮對白髮

互相趨前
循額頭上的紋路
對照目前
尋找三十年前的樣貌
我倆緊緊牽手　緩步同行
不會再失散

一同走向同一個終點
雖然我不知道

那裡是個甚麼地方

2017 年 12 月 6 日，在曼谷。

嶺南人詩：〈重聚的喜悅——寄老友韓牧〉

誰啊！？　一頭白髮如雪
一把老山羊鬍鬚
走進摩天酒店，遠遠
看見一老頭在大堂走動

走過，看清掛在胸前的名字
韓牧！　一聲驚呼
真的　真的是你嗎？
伸出雙臂，緊緊把你擁抱

一個在溫哥華，一個在湄南河
卅年分離，又未通音訊
突然，在天涯海角相遇
帶給我意外的驚喜

感謝繆斯！感謝佛祖
讓我們在湄南河重聚

2017 年 12 月 5 日，寫於曼谷。

加勒比海追憶

——2017年12月遊，次年6月成稿。

燈塔的記憶——在墨西哥

燈塔矗立大街上
那曾是荒涼的海岸

車流洶湧
它只記得海浪

民居——在墨西哥

瑪雅文明就是殘石
金字塔　廟宇　祭壇
石像　石碑　石柱群

我著眼於　不起眼的
石基
這裡是前庭　這裡是廚房

殘碑——在墨西哥

踏過滿是貝殼的沙灘

為看一張海畔的石碑

曾經雕刻了許多文字
應該是一個長長的故事

風雨　有情還是無知呢？
繼續不停雕刻

惺忪睡眼
追憶遠去的朦朧的夢境

巨大的膠水瓶——在洪都拉斯

捧一個 18.5 公升的膠水瓶
細口　透明
瓶底有幾十張紙幣

在大街上勸捐
籌集醫藥費

那一笑——在危地馬拉

旅遊車穿過市集
兩邊是小販地攤

我在車窗內
向每一個望見我的人點頭

總是紅黑的臉
回報我以一排白牙齒

暫時忘卻種族和貧富的
一笑

國名音譯

大陸叫「危地馬拉」
邦交國台灣叫「瓜地馬拉」

我問旅遊局當值的職員
你們自己的語言如何讀法

都說「Wat」
中國國語沒有這發音

「Wat」　正正是廣東話的「滑」
第九聲的陽入聲

原物——在伯利茲

宏大的博物館關了門
細小的圖書館裡
見到一件小小的殘石

殘損得厲害

看不出是人是獸
我已經滿意
因為是千年原物

艷陽下
白襯衫橙紅裙的校服
兩個女學生笑嘻嘻的走過來
皮膚黑　牙齒白

海明威的故居——在 Key West，美 國

檸檬黃的百葉窗全開了
藍空中一群白頭鷹
自由自在盤旋

榕影下　小池上
鏽綠的一隻銅蜻蜓
停佇在水生植物的葉面
從來沒有動過

貓墓——在 Key West，美 國

泳池邊這一角
是海明威愛貓的墓

想起我的後園
兩株白杜鵑之間

閒逛的雞

加勒比海沿岸的城市
常常見到　雞
在人來車往的大街上閒逛

公雞都是獨行者
看　那隻母雞
帶上三隻瑟瑟縮縮的小雞雛

古蹟的生命

古蹟
常常就是殘損的石頭

老樹已死
樹根牢牢抓住石基不放

到我老死後
我仍然抓住這些石頭

深紫的幾朵野蘭
從死樹的樹洞冒出來

變幻

不放過每天的日出日落

因為每次不同

太陽的顏色有橙紅
桃紅　以至不知叫甚麼紅
甚至雪白

天色與彩霞瞬息萬變
難以名狀的壯麗與奇景

東方灰暗　太陽未升
西方高空上竟有一片紅色

太陽從來不變
一切變幻
都由於善變的雲

海鳥

鳥身有黑有白
鳥肚有黑有白
鳥頭有黑有白
鳥眼有黑有白

鳥嘴有長有短
鳥翼有長有短
鳥尾有長有短
有尖有圓有開叉

──組合
我見過十幾種
在加勒比海上

種類多如人類

代表我的心

日落　月升
郵輪的劇院開門了

美國懷舊歌曲
北歐民族舞
希臘的韓國的中歐的
中東的印度的民間舞
菲律賓的竹杆跳
中國的舞南獅

背幕出現一個特大的圓月
金髮女歌手唱：
「你問我愛你有多深……」

我隱約明白了
幾十年來一直費解的一句：
「月亮代表我在心」

歷史，喘息在石上

2017年12月，遊加勒比海，登陸墨西哥、洪都拉斯、危地馬拉、伯利茲四國，追尋瑪雅文明遺跡。2018年1月記。

迷惘在熱帶雨林中
墨綠的陰鬱下我穿行
頭上晃動的點點是陽光
如星光閃爍
引我回到千萬年前

只有石
石灰岩夾雜著化石和貝殼
可知河流早已消失
形成火山高地

沒有河流　沒有銅鐵
沒有牛馬　沒有輪車
研究出精確的曆法和天文學
創造出地球上最複雜的文字
石器時代奇特的文明

只有石
巍峨雄偉的金字塔　石柱群
神殿　祭壇　民舍　陵墓

銘刻著文字與圖畫的紀念碑

四百多年前西班牙人入侵
燒毀千千萬萬的手抄本
寫在鹿皮上的典籍
砸碎數以千計的雕像
燒死所有傳承文明的祭司
文明吞噬文明
要毀滅
一個重視自己歷史的民族的歷史

只有石
是燒不死的
石面上顯現出活生生的
老鷹　花草　豹貓　美洲豹
羽蛇神和戰爭的場面
以及幾百個象形拼音文字

在叢林的深處
歷史喘息在石上
在廣大的叢林的未知處
未知其數的石建築存在著
等待著發現　探索
人類奇特輝煌的歷史

我的海角

泰國嶺南人詩兄寄來新作〈我的天涯——寄友〉，引發起我的詩興。來詩十四行，回贈二十一行。

似乎　我是候鳥
為了避開趨炎的氣候
離別生活了半個世紀的
出生地　成長地
那瀰漫著唐詩韻律的
太平洋西岸那海角

飛渡地球上最遼闊的海洋
從東半球到西半球
筋疲力盡抵達冰雪的寒帶
這太平洋東岸的海角

我怎會是候鳥呢？
候鳥是趨暖避寒
來回往返的

折翼之鳥一如植物
築巢於此我植根於此
我沒有詩人的鄉愁
要愁

就只愁我新建立的家鄉

你我其實是一樣的
眼下腳下這一片
才是我們自己的土地

2018 年 3 月 2 日，加拿大溫哥華。

嶺南人詩：〈我的天涯──寄友〉

從東坡流放的「天涯海角」
像候鳥，飛躍海峽
飛躍长江，飛躍黃河
飛到長城，放眼長城內外
風雪　蒼蒼茫茫

再從張家口，從娘子關
飛躍黃河，飛躍长江
飛躍珠江，飛躍香江
飛到湄南河，坤花金黃
有風有雨　葉綠花紅

海角生長的孩子，我的天涯
比蘇東坡的流放
比長江　比黃河
更遠更長──

2018 年 2 月 25 日於曼谷。

歸寧港澳（節錄）

走進民間

一直認為高格調的藝術
應該展示在高雅的展場
收藏在藝術館　博物館

相信你的攝影　我的詩
都算是精緻的

不在中環的大會堂
不在尖沙咀的藝術館
卻貼在廢棄的工廠大廈
粗糙的牆壁上

電梯內壁密密麻麻的
文化活動的海報

時移世易
藝術無論高低
走進了民間

發現奇景

鬧市酒店客房窗前
竟然見到溫柔的
可以直視的白色的旭日
冉冉　從山線升起
在橙色灰色的雲間

即時電話告訴親友
但他們不相信

其實只要細心觀察
隨時隨地
都會發現奇景

在別人都在熟睡時
見到流星
在別人還在床上時
見到旭日

當然還要有一雙
敏銳的眼睛

奪目的藝術品

屯門碼頭的老榕樹
樹腳一叢肥壯的綠葉

開一叢橙色的花

濃陰的海旁的通道
人來人往
沒有人注意到
這奪目的藝術品

對殺

一對斑鳩在高牆頂
激烈的打架
跳躍　糾纏

細看是歡快的
延續生命的行為
像對殺

仿古建築

可以說是重視歷史
可以說是有仿真的技術
可以說是財力雄厚
仿造的古建築

我還是願意看到
我兒時見慣的
殘舊破敗

真實的古建築

活化石

應約一次澳門文學訪談
我首先介紹自己
他說不必了
他流暢的背誦了我的簡歷
然後請我指正
「沒有錯
比我自己說還要詳細」

他最感興趣的問題
許多是當年微不足道的
三四十年後的今天
就成了掌故　逸事

我已經老了嗎？
他當我活化石

一定是小眾

新詩攝影集的發佈會
附在「書香文化節」

時間到了
擴音機大聲呼叫：

新書發佈會開始了
在外面書攤留連的人
好像沒有聽到

我們的文友
以及
幾個看來是文藝青年
從龐大的展銷場
來到這冷落的一角

我沒有失望　反而自傲
從來高層次的文學藝術
一定是小眾

2018 年 11 月，香港、澳門。

泰國日記

藝術不死

在小城華欣午飯
店門上墨書漢字招牌：
「彌生軒」

用筆簡活　結字奇雅
揮灑自信自得之狀
有宋代米芾的書風

數碼相機拍下
放大見印文
竟是十九世紀日本學者
「江間政發」的手筆
有閒章：
「讀萬卷書行萬里路」

精美的藝術不死
活在一百年後
一萬里外的異鄉

注視於

這海邊有不少
從未見過的花草

我卻注視於
這大樹鬱鬱蒼蒼的綠葉中
一片不知何故的黃葉

這樹椿上抽出兩片蝴蝶葉
連一朵嬌嫩的洋紫荊花

這水生植物有一片大葉
被蟲蛀剩了葉脈

這紫色睡蓮的花心
一隻橙色的忙碌的蜜蜂

棕色的髮帶

幾個中學女生的背影
同樣是燈籠袖的白襯衫
黑裙　白襪
黑色的「妹鞋」

髮型都是馬尾
紮了同樣是棕色的髮帶

是規定的校服嗎？

小歌女

入夜　盛裝的小女孩
拿著咪高峰
在街頭賣唱

我想起鄧麗君
我想起梅艷芳

熱鬧的水燈節

巧逢泰國的情人節
我倆也捧一盞水燈
插滿鮮花　插了香燭
擠過層層的人群
放到湄南河的水面上

忘了發願
我倆的水燈隨波淹沒
在眾多的願望中

河岸一列各國的國旗
找不到楓葉
卻見到一面紅綠在飄揚
紅綠之間一個複雜的徽章

此生見到的
第一面國旗

神化兼俗化

中泰兩家中學共建的
孔子課堂　門前
一個紅色的神龕
供奉孔子像

龕前有一個龍鼎
龕頂有兩條金龍

對聯橫額都是金字：
「事業昌盛添錦繡
前途輝煌展鴻途」
「大展宏圖」

追尋新生活

獨自走上佛寺的天台
陽光猛烈　寂靜無人
一位橙紅長裙中年女士
鳥瞰周圍佛寺的屋頂
手持速寫本寫生

畫家　我當然要認識

她說
她是移居羅馬尼亞的俄裔
我說　你看我T-shirt
我是移居加拿大的華裔

我們有同樣的藝術愛好
我們同樣是
追尋新生活的人

唐人街博物館

聽說這佛寺附近
有一個「唐人街博物館」
我專程前往

向佛寺售票處的職員問
說是「Behind the Temple」

走到佛寺後面的街道
是下舖上居的兩層樓房
見招牌有漢字的就進去問
「聯發」「永協發」
店員皮膚黝黑
不懂英語也不懂漢語
無功而返

後來聽人說

博物館就在佛寺下面

看來是那職員把「Below」
說成「Behind」了

氣根

一條一條
細細長長應該是氣根
垂下來隨風飄蕩

是一種攀援植物
沿著街燈柱
攀到高空的電線上
心形的葉子密密堆滿

氣根永遠飄蕩
夠不到地面
縱然夠得到也只是水泥

一級大師

「熱烈歡迎中國一級書法大師
參加中泰文化交流
現場揮毫潑墨」

寫的甚麼呢？

「天道酬勤」「厚德載物」
「精神氣」「馬到成功」

書藝表現呢？
怯而弱
與我們小學生時期
寫得最好的同學
差不多

愛情橋上的鎖

說是把情侶鎖鎖在橋上
誠心許願後
把鑰匙扔進河中
青蛙的嘴裡
就會鎖住愛情

橋上的鎖千千百百
誰能把鑰匙
扔到青蛙的嘴裡？

千里外

入黑了
還是要去看這一個名勝
線刻在岩壁上
一個巨大的佛像

隱約見到
法相莊嚴跌坐蓮座上

隱約聽到
千里外的山岩
有爆炸聲

2018 年 11 月，泰國。

泰國日記（節錄，中泰對照）
บันทึกประจำวันจากไทย

韓牧原著　ผู้ประพันธ์ หาน มู่

許秀雲泰譯　แปลไทยโดย ศิริพร เก้าเอี้ยน

小歌女　　　　　　　นักร้องหญิงตัวน้อยน้อย

入夜　盛裝的小女孩　　ยํ่าคํ่า สาวน้อยในเครื่องแต่งกายฬึงงาม

拿著咪高峰　　　　　　ถือไมโครโฟน

在街頭賣唱　　　　　　ยืนร้องเพลงอยู่ข้างถนน

我想起鄧麗君　　　　　ฉันคิดถึงเต็งลี่จวิน

我想起梅艷芳　　　　　ฉันคิดถึงเหมยเยียนฟาง

熱鬧的水燈節　　　　เทศกาลลอยกระทงอันคึกคัก

巧逢泰國的情人節　　　เปรียบดังเทศกาลแห่งความรักของประเทศไทย

我倆也捧一盞水燈　　　เราทั้งสองก็ประคองกระทงเล็กๆหนึ่งใบ

插滿鮮花　插了香燭　　ประดับประดาเต็มไปด้วยดอกไม้สดและธูปเทียน

擠過層層的人群　　　　เบียดแทรกเข้าไปในฝูงชน

放到湄南河的水面上　　เพื่อปล่อยกระทงลงสู่แม่น้ำเจ้าพระยา

忘了發願　　　　　　　ลืมขอพร

我倆的水燈隨波淹沒　　กระทงของเราสองลอยหายไปตามฟองคลื่น

在眾多的願望中　　　　ในความหวังของฝูงชน

河岸一列各國的國旗　　　　　แม่น้ำกั้นกลางระหว่างธงชาติของแต่ละประเทศ
找不到楓葉　　　　　　　　　มิอาจหาใบเมเปิลได้
卻見到一面紅綠在飄揚　　　　เจอแต่ใบไม้สีเขียวแดงที่ปลิดปลิว
紅綠之間一個複雜的徽章　　　สัญลักษณ์ระหว่างเขียวแดงที่ซับซ้อน

此生見到的　　　　　　　　　ในชีวิตนี้ที่ได้เจอ
第一面國旗　　　　　　　　　ด้านหนึ่งของธงชาติ

追尋新生活　　　　　　　แสวงหาชีวิตใหม่
獨自走上佛寺的天台　　　　　เดินขึ้นยอดเจดีย์ของวัดเพียงลำพัง
陽光猛烈　　寂靜無人　　　　พระอาทิตย์สาดส่องร้อนผาด เงียบสงัดไร้ผู้คน
一位橙紅長裙中年女士　　　　หญิงสาวกลางคนคนหนึ่งในชุดเดรสสีแดง
鳥瞰周圍佛寺的屋頂　　　　　มองมุมสูงจากบริเวณโดยรอบของยอดเจดีย์
手持速寫本寫生　　　　　　　มือร่างวาดขีดเขียนเรื่องราวของชีวิต

畫家　我當然要認識　　　　　จิตรกร แน่นอนฉันต้องรู้จัก
她說　　　　　　　　　　　　เธอกล่าวว่า
她是移居羅馬尼亞的俄裔　　　เธอเป็นชาวจีนเชื้อสายรัสเซียที่อพยพมายังโรมาเนีย
我說　你看我 T-shirt　　　　ฉันกล่าวว่า เธอดูเสื้อยืดของฉันสิ
我是移居加拿大的華裔　　　　ฉันเป็นชาวจีนจากฮ่องกงที่อพยพมายังแคนาดา

我們有同樣的藝術愛好　　　　พวกเราทั้งสองมีงานอดิเรกด้านศิลปะที่เหมือนกัน
我們同樣是　　　　　　　　　พวกเราทั้งสองเหมือนกันตรงที่
追尋新生活的人　　　　　　　เป็นคนที่แสวงหาชีวิตใหม่

氣根　　　　　　　　　　รากอากาศ
一條一條　　　　　　　　　　เป็นเส้น เส้น

細細長長應該是氣根　　　　　บาง บาง ยาว ยาวน่าจะเป็นรากอากาศ
垂下來隨風飄蕩　　　　　　　ห้อยลงลอยตามกระแสลม

是一種攀援植物　　　　　　　มันเป็นพืชเลื้อยชนิดหนึ่ง
沿著街燈柱　　　　　　　　　เลื้อยไปตามเสาไฟ
攀到高空的電線上　　　　　　เลื้อยไปจนถึงสายไฟด้านบน
心形的葉子密密堆滿　　　　　ใบของมันรูปหัวใจกองพะเนินเทินทึก

氣根永遠飄蕩　　　　　　　　รากอากาศจะลอยอยู่ตลอด
夠不到地面　　　　　　　　　ไม่เคยแตะสู่พื้นดิน
縱然夠得到也只是水泥　　　　แม้ว่าจะแตะก็แตะเพียงปูนซีเมนต์

愛情橋上的鎖　　　　　　　ความรักที่คล้องกุญแจไว้บนสะพาน
說是把情侶鎖鎖在橋上　　　　ที่กล่าวว่าเอาความรักของคู่รักคล้องกุญแจไว้บนสะพาน
誠心許願後　　　　　　　　　หลังจากขอพรด้วยความซื่อสัตย์จริงใจ
把鑰匙扔進河中　　　　　　　นำกุญแจโยนลงไปในแม่น้ำ
青蛙的嘴裡　　　　　　　　　ในปากของกบ
就會鎖住愛情　　　　　　　　ก็สามารถคล้องความรักเอาไว้ได้

橋上的鎖千千百百　　　　　　กุญแจที่คล้องไว้บนสะพานเป็นร้อยเป็นพัน
誰能把鑰匙　　　　　　　　　ใครจะเอากุญแจ
扔到青蛙的嘴裡？　　　　　　โยนเข้าไปในปากของกบ

千里外　　　　　　　　　　ระยะทางพันไมล์
入黑了　　　　　　　　　　　ย่ำค่ำแล้ว
還是要去看這一個名勝　　　　ยังต้องไปสถานที่ที่มีชื่อเสียงอีกหนึ่งแห่ง
線刻在岩壁上　　　　　　　　สลักอยู่บนกำแพงหิน

一個巨大的佛像　　　　　　คือพระพุทธรูปองค์ใหญ่องค์หนึ่ง

隱約見到　　　　　　　　คล้ายจะได้เห็น
法相莊嚴趺坐蓮座上　　　พุทธปฏิมากรปางขัดสมาธิอยู่บนบัลลังก์ดอกบัว

隱約聽到　　　　　　　　คล้ายจะได้ยิน
千里外的山岩　　　　　　ภูเขาหินระยะทางพันไมล์
有爆炸聲　　　　　　　　มีเสียงระเบิด

2018 年 11 月，泰國。　　ประเทศไทย เดือนพฤศจิกายน ปี พ.ศ.๒๕๖๘

泰國日記（節錄，泰譯）

許秀雲　泰譯
บันทึกประจำวันจากไทย

ผู้ประพันธ์ หาน มู่
แปลไทยโดย ศิริพร เก้าเอี้ยน

นักร้องหญิงตัวน้อยน้อย

ย่าคำ สาวน้อยในเครื่องแต่งกายทึงดงาม
ถือไมโครโฟน
ยืนร้องเพลงอยู่ข้างถนน

ฉันคิดถึงเต๋งสีจวิน
ฉันคิดถึงเหมยเยี่ยนฟาง

เทศกาลลอยกระทงอันคึกคัก

เปรียบดังเทศกาลแห่งความรักของประเทศไทย
เราทั้งสองก็ประคองกระทงเล็กๆหนึ่งใบ
ประดับประดาเต็มไปด้วยดอกไม้สดและธูปเทียน
เบียดแทรกเข้าไปในฝูงชน
เพื่อปล่อยกระทงลงสู่แม่น้ำเจ้าพระยา

ลืมขอพร
กระทงของเราสองลอยหายไปตามฟองคลื่น
ในความหวังของฝูงชน

แม่น้ำกั้นกลางระหว่างธงชาติของแต่ละประเทศ
มิอาจหาใบเมเปิลได้
เจอแต่ใบไม้สีเขียวแดงที่ปลิดปลิว
สัญลักษณ์ระหว่างเขียวแดงที่ซับซ้อน

ในชีวิตนี้ที่ได้เจอ
ด้านหนึ่งของธงชาติ

แสวงหาชีวิตใหม่

เดินขึ้นยอดเจดีย์ของวัดเพียงลำพัง
พระอาทิตย์สาดส่องร้อนผาด เงียบสงัดไร้ผู้คน
หญิงสาวกลางคนคนหนึ่งในชุดเดรสสีแดง
มองมุมสูงจากบริเวณโดยรอบของยอดเจดีย์
มือร่างวาดขีดเขียนเรื่องราวของชีวิต

จิตรกร แน่นอนฉันต้องรู้จัก
เธอกล่าวว่า
เธอเป็นชาวจีนเชื้อสายรัสเซียที่อพยพมายังโรมาเนีย
ฉันกล่าวว่า เธอดูเสื้อยืดของฉันสิ
ฉันเป็นชาวจีนจากฮ่องกงที่อพยพมายังแคนาดา

พวกเราทั้งสองมีงานอดิเรกด้านศิลปะที่เหมือนกัน

พวกเราทั้งสองเหมือนกันตรงที่
เป็นคนที่แสวงหาชีวิตใหม่

รากอากาศ

เป็นเส้น เส้น
บาง บาง ยาว ยาวน่าจะเป็นรากอากาศ
ห้อยลงลอยตามกระแสลม

มันเป็นพืชเลื้อยชนิดหนึ่ง
เลื้อยไปตามเสาไฟ
เลื้อยไปจนถึงสายไฟด้านบน
ใบของมันรูปหัวใจกองพะเนินเทินทึก

รากอากาศจะลอยอยู่ตลอด
ไม่เคยแตะสู่พื้นดิน
แม้ว่าจะแตะก็แตะเพียงปูนซีเมนต์

ความรักที่คล้องกุญแจไว้บนสะพาน

ที่กล่าวว่าเอาความรักของคู่รักคล้องกุญแจไว้บนสะพาน
หลังจากขอพรด้วยความซื่อสัตย์จริงใจ
นำกุญแจโยนลงไปในแม่น้ำ
ในปากของกบ
ก็สามารถคล้องความรักเอาไว้ได้

กุญแจที่คล้องไว้บนสะพานเป็นร้อยเป็นพัน

ใครจะเอากุญแจ
โยนเข้าไปในปากของกบ?

ระยะทางพันไมล์

ย่ำค่ำแล้ว
ยังต้องไปสถานที่ที่มีชื่อเสียงอีกหนึ่งแห่ง
สลักอยู่บนกำแพงหิน
คือพระพุทธรูปองค์ใหญ่องค์หนึ่ง

คล้ายจะได้เห็น
พุทธปฏิมากรปางขัดสมาธิอยู่บนบันลังก์ดอกบัว

คล้ายจะได้ยิน
ภูเขาหินระยะทางพันไมล์
มีเสียงระเบิด

ประเทศไทย เดือนพฤศจิกายน ปี พ.ศ.๒๕๕๘

泰式小詩十首寫華欣

2018年11月，與嶺南人、林太深、范軍、許秀雲、勞美玉，同遊泰國海邊小城「華欣」，得泰式小詩十首。所謂的「泰式小詩」，規定在六行內。

中山與潮州

這海邊小城名叫 Hwa Hin
漢名「華欣」 是潮州音譯

家兄名「賢」
家母是中山人
記得她操中山鄉音叫他「Hin」

中山與潮州有何關係？

蚊口

在黑夜的海邊吃海鮮
小腿癢
是蚊子叮我

紅腫一直不散 也好
讓我記住

好友請我吃美味的海鮮

忍受還是享受？

這種狗
是在雪地上拖雪撬的

全身厚毛　四腳朝天
仰睡在水泥地上
忍受還是享受
熱帶的熱風？

人的眼睛

海邊的椰子樹在黑夜
樹葉和椰子是陰暗的墨綠色

我舉機拍攝
鏡頭下
樹葉和椰子青翠欲滴

人的眼睛不可靠

異國鴛鴦

常常見到
一個白種男人拖著一個泰國女子

男的一般比較老
是異國的鴛鴦

希望是「異國情鴛」
不只是「異國性鴛」

聆聽

兩個八十後的文友
不停互相傾吐
在大陸時受過的苦難

我這八十後　何幸
生活在大陸邊緣的海島
只聆聽一個個「反人」的故事

LUO FU 拖鞋

從來沒有過穿拖鞋上街
今天第一次　是入鄉隨俗

拖鞋的牌子是 LUO FU
那年我同時買了兩雙

大碼的送給洛夫
中碼的留給自己

漂木與飛樹

詩友說他和我像洛夫
是兩片「漂木」

我並不浪漫　更不敢高攀
我只是一棵「飛樹」
靠自力奮然拔起
插根於一片新土

蟹屍

都說華欣的海灘上
有許多小沙蟹

今天潮漲　一隻也見不到
我沒有失望
沙洞裡有一隻反肚的蟹屍
讓我有豐富的聯想

孤獨的白馬

孤獨的白馬從海那邊
踏浪歸來
馬背上不見歸人

那人在海那邊

沒有鄉愁
雖然不美麗　卻不是錯誤

加中搶食大戰

早已在 YouTube 見到
中國遊客在自助餐廳的醜態
想不到在泰國親身經歷

龐大的餐廳食客起碼有六七百人
清一色中國人
只有我們十幾個加拿大公民

每個食物槽
都擠滿一大堆人在搶食
我們要排隊　但無隊可排
拿著空盤子　踏過地上的食物
就是擠不進去

人潮一波一波的退出
剩下用過的夾子留在殘菜上
不清潔　要不要好呢？
肚子餓還是要一點米粉吧
老妻兩次回到座位來
都是拿著空盤子
加拿大女兵怎敵紅色娘子軍

饑餓的加軍
未交戰就落荒而逃
孫子云：「不戰而屈人之兵
善之善者也」
讓中國軍隊自己內戰好了

每一個戰區　都戰鬥激烈
那邊卻有幾十個人靜靜地在圍城
圍著食物槽那一個空城
等候陸續供應的美味的蝦子
當紅光閃閃的蝦子運到
像瀑布般傾瀉而下
他們爭先恐後用空盤子去鏟
不爭先？　等下就沒你的份
那大媽一連鏟了三盤才肯離開
她背後的人們擠上來爭補位
她退出困難

大戰之後　戰場狼藉
與蝗蟲轉移有一點不同
是不少戰利品給放棄了

中國人常常自稱
是謙讓勤儉的民族
現在全世界都看到了
是善於自吹自擂說謊的民族

可幸　我們加軍不是中國人了
雖敗猶榮　起碼能挨餓　吃殘菜
不幸　我們同樣是華族

2018 年 12 月，泰國王權免稅拉瑪亞納餐廳。

新加坡日記

手稿

「新華文學館」的牆上
長期展示作家手稿
我尋找到認識的詩友文友

作品　幾十年前早已熟悉
見面　也見過一兩次了
現在是第三種方式相見
更深瞭解性格

稿紙都泛黃了
細看　其實是特意加上
斑駁的棕色
以顯得古舊

不必如此
稿紙本身就證明著歷史
這些年
還有人用稿紙寫稿嗎？

假大空

濱海灣花園的上空
一隻蒼鷹不停在盤旋
牠在找落腳處

其實牠腳下已有幾棵
比任何樹都高大的
超級擎天大樹

鷹眼銳利
牠察覺到它們只像
一個個高腳酒杯
沒有枝葉
滿身綠色只是攀附植物
所謂樹身
只是空空的鐵架子

蒼鷹飛走了　牠想：
空中花園
不及地面的一株小草

生生不息

空間不夠
樹被折肢了
圓圓大大的傷口已經癒合

應該是許多年前的事了

誰料到在傷口處
正抽出幾片小葉來

立在室內這一根枯木
沒有樹皮
是用作裝飾的雕塑

誰知在它的頂上
有一片翠綠的蕨葉搖擺著

余仁生

余仁生！
又見到謝熙老師的手蹟
在中西混合建築的廊柱間
在新加坡牛車水

原來這國際性中藥業龍頭
十九世紀來自廣東
發跡於星馬

今天才發覺它的 Logo
既含深意又含詩意的商標：
地面上枝幹葉片俱全的一棵樹
透視到地面下深廣的根系

在香港　在澳門　以及
外遊到大陸　台灣　美國
每次見到這三個遒健的大字
就見到五十年前的恩師

雨樹

她介紹說
隨處可見形如巨傘的　叫雨樹
每到黃昏或者風雨來襲前
葉子就閉合成團免受摧殘

天亮了　太陽出現
葉子就張開
把收集的雨水放出
一如下小雨

引進此樹是國父的好主意
49 公里乘 25 公里的國土
已超過 100 萬棵
有濃陰可以遮陽
有美如紅絨球的花可以欣賞

她又介紹
因為方言太多太雜了
為求統一提倡都講華語

她沒有說
人人能用華語溝通是個大功德
卻同時方言萎滅　漢字不懂

何時長夜過去　曙光重現
雨樹把存儲的淚水傾盤而下呢？

2018 年 12 月。

馬來西亞日記

物證

馬六甲
扼海峽的咽喉
古來兵家必爭

從十五世紀開始
五百年間
依次淪為五個國家的屬地

首先是鄭和
從暹羅手上奪得宗主權
然後到葡萄牙　到荷蘭
到英國　到日本

有物證嗎？
這水火難摧的古堡
這鑄上鬥獸圖案的古砲
還有門楣上這一塊石碑
刻有一艘古戰船

書局

馬六甲這條冷寂的街道
路面是磚紅色
所有的房屋清一色磚紅色

這一家 Lim Brothers
漢字「林兄弟書局」
想來是經營中文書籍

舖面被鐵閘密封著
窗戶緊閉
看來停業已很久了
我心一陣突然的悲哀

湯碗上的唐詩

端上飯桌一大碗湯
湯碗外沿有一組唐詩
我喝著「冬陰公湯」
聽見名詩人在朗誦
好像用的廣東話

杜牧說：樓倚霜樹外
王維說：空翠濕人衣
白居易說：晚來天欲雪
杜甫說：何日是歸年

在四季皆是夏的南洋
人們懷想著從未見過的
中土的霜雪

抗日紀念碑

三保廟前精美的壁畫
廟內高懸的
「惠風廣被」的行書匾額
這些先輩的藝術品
讓當今的書畫名家見到
一定會羞慚

偶然從側門外望
不遠處莽莽的草木間
矗立著一柱
是紀念碑之類的背面嗎？

上網一查　原來是
「馬六甲華僑抗日殉難義士紀念碑」
正面是蔣中正題的
「忠貞足式」四個大字
碑頂是國民黨黨徽
其外一圈紅色
儼然是國旗的象徵

其下的銅牌說：

這裡埋葬了一千多人的義骨

「其死也，或刀，或刺，或碎腦，
或洞腹，或掘土成窟，集體屠埋，
或幽閉一室，縱火駢燬。……」

這樣重要的一個古蹟
導遊者完全不提

誰想毀滅歷史
歷史記錄他

忘年樹

那邊有一個
剛鋸斷的樹樁
我要數一數它的年輪

盡是向心的裂紋
斷斷續續
如破裂的蛛網

我忽然醒悟
熱帶沒有冬夏之別
樹　沒有年輪

印象中熱帶的人

不但熱情又比較樂天
因為忘年

過某黨黨部有感

小學時就聽說
南洋華僑只顧賺錢
不問政治　吃了大虧

現在身居美洲
許多加美移民朋友
同樣連投票也懶得投

相反　一些人熱衷從政
但競選時打族裔牌
結果當然落選

在多民族的國度不講融和
卻高唱民族主義
難怪全軍覆沒

2018 年 12 月，馬六甲、吉隆坡。

欣逢馬華作家朋友

2018年12月6日，夜，隨加拿大華裔作家協會訪問團到達吉隆坡，見到不少舊雨新知，因時間迫促，像兩列行進中的螞蟻相遇，一一碰頭，旋即彈開，卻是一段珍貴的緣份。

柯金德

一見到我的名片「韓牧」
你就說藏有我的書
我感動得說不出話

你是交流會的主持人
介紹我就只有一句：
「老詩人韓牧與何乃健通信的」

不錯　幾十年來斷續通信
可惜三年前乃健不再回信了

通信　有那麼重要嗎？
加拿大的文友不知道
四十年前我就對他說過：
人家說周粲是新加坡的國寶
我說　何乃健是馬來西亞的國寶

與國寶通信
當然是一種榮耀了

金苗

自助餐時一位老者坐在我身旁
交換名片　「金苗」
我大驚失色
四十年前互相欣賞
以為此生無緣見面了

金苗出了本詩集
評論家陳雪風苛評是「非詩」
金苗立刻寫詩反駁
詩中引我詩句作辯

由此　引起馬華文學史上
一場激烈又持久的論爭

我在香港
收到一本《是詩？非詩論爭輯》
才知道此事　心中有一句話：
「陳雪風不懂詩」

金苗兄　對不起
我這句話
四十年後的現在

才讓你聽到

秦林

幾十年未再見面
又無法通消息

你用微信　我不用
我連手提電話都不用
我如今詩文書法攝影都極多產
時間花在微信上？　花不起

我用電郵　你不用
你說　微信很容易呀
我說　電郵很容易呀

老朋友　怎麼辦呢？
恢復五十年前的習慣
大家用筆寫信紙吧

陳政欣

會場中
你的人
坐在最後的一排

你身後

有最廣闊的空間
有最悠長的時間

只因為
你的作品
穩然坐在最前的一排

我滔滔不絕
傾吐淨盡
你沉默
蘊藏著最豐富的蘊藏

我隱約聽到
天外傳來
你的作品發出的聲音

冰谷

與你相遇
在馬華大廈的男廁所
（記得 1987 年在香港
與詩評家謝冕初遇
在敦煌酒樓的男廁所）

你說你叫冰谷
藏有我的書
一首長詩就是一本書

那是《回魂夜》了

「你是怎樣得到的？」
「我買的」　開心
在馬來西亞也買到我的書

你說你也是乃健的好友
協助乃健的遺孀
整理乃健的遺稿

我忘了問你
惜蘭她還好嗎？

林幸謙

我說
你的文章我看過一些
你說
創作性的書沒有帶來
只帶來學術性的書

你手上拿著一本
《身體與符號建構：
重讀中國現代女性文學》

我說
學術性論文我也在學寫

學術性的書我也要看
好讓我學習

秋山

秋山的詩
在《熠火》看得多了
想他在《熠火》也看到我的吧

他說剛在昆明開會回來
認識了一位加拿大華人作家
他的團體名稱與「加華作協」相似
問有何不同

我解釋
我會是全國性的　總部在溫哥華
歷史最長　人數最眾　活動最多
你看看那訪問團小冊子就清楚了
他們是加東一個省的

秋山提起吳岸
我手掌從下巴向下一掃
他笑了

當然認識　他是東馬的
我仍然珍藏著
1962 年在香港初版的

《盾上的詩篇》

未及見面的文友

是興奮的晚上
除了認識新文友
重逢幾十年未再見面的舊文友
初見互相聞名而未曾見面
不知算舊還是算新的文友

也有遺憾
見不到韋暈　乃健是意中事
在香港一再訪問我的伍良之呢？
擅自公開我的《回魂夜》的孟沙呢？
在酒店房間連續對談兩晝夜的吳天才呢？
大量寄給我馬華文學資料的梁志慶呢？
與我用口用筆討論「打廣告」的愛薇呢？
編輯發表我詩文的甄供　鍾夏田呢？
寄贈我詩文集的雅波　杰倫　禿橡
江振軒　艾文呢？

今晚只好一一打聽
相信此生無緣見面了

冰島組詩

白夜

藍天上白雲飄移
陽光柔軟
在子夜

市中心
窗外一座座辦公樓燈火通明
但空無一人
大街上汽車一輛輛安睡著
找不到一個行人

死寂無聲
我聽到自己的心跳
恐怖在我心中瀰漫
這是鬼域　不是人間

黑白不分的世界
是非不分的時代

Strokkur 間歇泉

任何季節都可能下雪的

冰島
擁有人間最廣大的冰川
冰川
覆蓋著幾百座火山

開始有沸騰的水聲　突然
地面噴出沖天的熱水柱
圍觀的人們驚呼
來自世界各國的遊客讚嘆

一個瘦小的香港人
滿臉憂憤
他看到冰川鎮壓著的火山
那是將死的火山
忍無可忍的表現

沖天的熱水柱瞬間化成了煙
他耐心等待
下一次的噴發

Pingvellir 大裂縫

左右兩邊都是峭壁
這裡是美洲板塊
與歐亞板塊的分離處
太陽在左
我走在大裂縫的陰影裡

美洲在左　歐亞在右
細看
兩邊有相同的苔蘚
相同的蒲公英
相同的奇異的野花

從歐亞的天空飛來
一隻名為 Loa 的野鳥
停在美洲的峭壁頂

太陽緩緩西沉
左右兩邊的峭壁向我擠壓過來

有地質學家說：這兩邊的峭壁
在人的無意中會不斷分離
是嗎？　我不信

民主議會

世界上最早的民主議會在哪裡？
不在希臘　不在羅馬　不在法國
在冰島　公元 930 年的夏天
在這延綿而高峻的斷崖下

這全島的民主會議
每年一次露天的盛會
只要是居民都可以參加

議長就是站在這大岩石上
向著崖壁高聲發言
回聲在廣闊的平原上
震蕩著密集的臨時的營帳
這幾十個用石塊搭成的
是當時的投票站

一千零八十九年前
地球上一個很小的國家
已經實行民主
一千零八十九年後
地球上的國家又如何呢？

2019 年夏。

北歐速寫

2019年5月至6月，遊北歐。冰島、丹麥、瑞典、芬蘭、俄羅斯、愛沙尼亞、德國、挪威八國。沿途速寫，得詩23首。

魯冰花——雷克雅維克，冰島

疾行的旅遊車上
路邊延綿一大片紫藍色
定睛一看　是魯冰花
正是野生的「路邊花」

想起家居附近河邊那一小叢
海角大草原上那一大片
不是路邊　同樣是野生的
我想到感人的台灣電影《魯冰花》

玄武岩柱群

震驚
我竟然走進一個龐大的
六角形玄武岩柱群中

不是香港的北果洲
不是香港的破邊洲

這些岩柱都是透明的
是冰島藝術館奇美的建築

冰島人熱愛大自然
冰島人懂藝術
把自己的大自然
引進自己的社會

這藝術創意是天才創出
再經一人一票選出來的

小美人魚塑像──哥本哈根，丹麥

若有所思憂鬱的眼神
隱藏著淒美的愛情

百年來遭受斬首斷臂
甚至爆炸落海
正對照著安徒生筆下
愛情的傷害與犧牲

我記起溫哥華海邊
也有類似的一尊
加拿大畢竟比北歐保守
她穿上潛水衣

歐洲　美洲和亞洲許多國家

都有小美人魚的仿製品
愛情與愛美
是最普遍的人性

手指公

我們在橋上欣賞
運河畔紅橙黃藍的樓房
繽紛的彩色聯想到兒童
聯想到童話　安徒生
他一定無數次走過這道橋

誰都會想到〈國王的新衣〉
〈賣火柴的小女孩〉
我卻首先想到〈手指公〉
這粵語是大拇指的意思

記起在我幼小時
家母給我講〈手指公〉的故事
記得手指公尋找歸路
依循預先丟下的花生殼
幾十年後我才醒悟
那是改寫〈拇指姑娘〉的粵語版

看來是家母幼小時
她母親給她講的故事
安徒生的童話當時已流行歐洲

相信當時就傳到中國來

三日並出──波羅的海海上

相機的記憶卡出現三個太陽
我想到后羿時十日並出
那是神話
這照片如何拍得？
我失去記憶了

它們不是猛烈的毒物
溫柔的溫暖的在海平線上

照片不是單張　是一組
我拍得它們沉降入海的過程

時代不同
神話與現實不同

見楓葉旗──斯德哥爾摩，瑞典

車過市中心
遠處天空一隻飛鳥
吸引我視線

竟然有一面楓葉旗
矗立在一座大廈頂

溫文地輕拂
一瞬失去但印象難忘

應該是加拿大駐瑞典大使館
一片加拿大的空間
一片加拿大的屬土
我的新鄉

梅拉倫湖女神

高大無比的女神安坐王座
手執王冠
她的子宮裡有一個城堡
蛇形的頭髮左右橫伸
向東　　向西

左膝下方
大象　　駱駝　　水牛　　老虎
回教寺　　星月旗
佛龕　　飛簷的建築
或黑或黃或戴竹笠的人們
那是東方

右膝下方
駿馬　　驢子　　車輪　　子彈
自由神像　　英國旗　　摩天樓
巴黎鐵塔　　歪斜的十字架

法國旗　船艦　戴禮帽的紳士
那是西方

古代的中國
近代的中國
現代的中國

銅信箱──Gamla Stan，斯德哥爾摩，瑞典

無意間走到
靜寂的中世紀
鵝卵石砌的小巷

淺黃淺橙
一座精緻的舊建築

一個個方中帶圓的窗框
黑木大門的圓拱上
一串串葡萄的雕刻

右門有一個銅門環
左門有一個銅信箱
應該是大名鼎鼎的
瑞典學院的側門

可惜行囊裡沒有帶詩集
否則可以投進這銅信箱

古文字

街角小屋石砌的牆腳
鑲了一大片深灰的石片
刻了纏繞不清的蛇狀的圖形
周圍刻了維京古文字

人類從語言到文字
不一定有圖形為過渡
這橢圓的石片
我看成是一片龜甲

雙頭鷹。紙鷂。海鷗──赫爾辛基，芬蘭

濱海的農貿廣場上
矗立著亞歷山大大帝紀念碑
碑頂一隻銅塑的兇猛雙頭鷹
張嘴　東張西望
踩住的應該是地球

兩個鷹頭都戴上王冠
鷹的胸前有一個盾牌
刻上一隻張嘴持劍的雄獅

一隻黑鳥在附近天空
往復地飄移
原來是綁在軟杆上的紙鷂

廣闊的藍天上幾隻海鷗
自由自在地飛翔
一隻忽然停在雙頭鷹的左翼上
注視那兇惡卻不能動彈的鷹頭

芬蘭堡

我愛在這海角的堡壘上留連
吊橋　地洞　巨砲
我聯想到澳門的中央砲台

以「芬蘭」為名的芬蘭堡
其實是瑞典佔領者所建成
白底藍十字自豪地飄揚的國旗
同樣掩蓋不了強鄰侵佔的歷史

中文譯名「芬芳的蘭花」
正表明你的美麗和柔弱
抵擋不住雙頭鷹的兇殘

看海浪重重向無限遠推移
轉轉折折推到加拿大西岸
那個我掛念的芬蘭漁村遺址

與清純　溫文的國旗合影
買一頂繡上國旗的棒球帽
芬蘭　與我有共同敵人的老友

西貝流士像前浮想

你的《芬蘭頌》不敢用原名
易名《夜曲》為了避過審查
芬蘭人確實懂得音樂
聽得出你曲調的寓意
管弦樂　推動祖國的解放

《芬蘭頌》首段粗獷
沉鬱又悲鳴
刻劃強權統治和人民苦難
渴望自由和潛在的反抗力量

小號尖叫　急促而重覆
聲聲催促沉睡的人們
然後出現戰鬥和犧牲
最後是勝利的歡騰

「芬蘭，看呀，天邊破曉了
黑夜的威脅已被驅走
雲雀在晨光中嚶鳴
蔚藍的天　已漸顯現

芬蘭，起來，你從未屈服
掙脫奴隸的枷鎖
朝著最渴望的世界前進
清晨來了，啊，我們的芬蘭」

註：詩末《芬蘭頌》的歌詞，是韓牧譯。
　　2019年6月4日，在赫爾辛基。

街頭迎合賣唱──聖彼得堡，俄羅斯

在走向凱薩琳宮的路上
管樂聲響起
整齊軍服的六人樂隊
奏樂歡迎我們

《義勇軍進行曲》《喀秋沙》
《水仙花》《月亮代表我的心》

一個透明的大錢箱
是街頭迎合賣唱

凱薩琳宮前壁的塑像

宮裡金碧輝煌極盡豪華
我沒興趣看

我關心被忽視的
藍白色宮殿前壁
兩列泥黃色的塑像
一個個裸體的男性

上列的側頭　表情痛苦

雙臂奮力上舉要托住甚麼

下列的垂頭　表情痛苦
雙手彎到頸後像壓住自己的頭

都承受著壓頂之力
像合力撐住這座宮殿
肉身是支柱

是怎樣的一種奴隸？
他們沒有小腿　沒有腳

炫耀武力

凱薩琳宮裡
金光燦爛的餐廳的餐桌上
精緻的餐具　刀刀叉叉

牆上掛滿逼真的油畫
題材全是動物的屍體
孔雀　山羊　白鷺
各種罕見的珍禽

據說都是獵物
是值得炫耀的戰利品
殘忍的人才吃得下飯

難怪宮殿裡有這麼多
將軍肖像和戰爭場面的油畫
廣場上
有這麼多炫耀戰功的紀念碑

普希金宿舍的窗子

「這兒埋葬著普希金，他和年輕的繆斯
和愛神作伴，慵懶地度過歡快的一生，
他沒做過甚麼善事，然而憑良心說，
謝天謝地，他卻是一個好人。」

也許這個
有黑人血統的矮小的詩人
（我竟想到自己）
一個十六歲的少年　正是
靠在這方方的小窗子望向長天
預先見到自己的一生
預先寫下自己的墓誌銘

尼古拉斯宮

華貴的餐廳
古裝的女侍應
傳統的特別美味的菜式
一時間
以為自己是十九世紀

沙俄貴族的貴賓

鋼琴聲響起
湖水綠長裙的美少女在彈奏
《雪花》
《莫斯科郊外的晚上》
立刻把我帶回到二十世紀五十年代

午餐後我在宮殿外圍瀏覽
發現外牆鑲有一塊白石碑
刻上列寧的頭像

國語比誰都標準的
俄國美少女導遊回答我：
1919 年某月某日列寧來過此宮

來過　有這麼重要嗎？
此宮　有這麼重要嗎？
列寧重要

歌唱廣場——塔林，愛沙尼亞

世界最大　歷史最久
五年一屆的
愛沙尼亞歌謠節
就是在這片青草地上舉行

一千多個合唱團
三萬多位表演者
觀眾數以十萬計

自古受北歐列強侵佔
受沙俄　受蘇聯吞併
人民以歌聲凝聚人心
對強權抗爭　爭取獨立
一次又一次勝利

1988 年 11 月 9 日
愛國的歌者音樂工作者五萬人
聯同群眾湧進這一個廣場
作非暴力的歌唱接力抗爭

愛沙尼亞古諺說：
「唇間的歌能撫平心中的憂傷」

1989 年 8 月 23 日
就是從這歌唱廣場開始
群眾手牽手一直連到拉脫維亞的首都
再連到立陶宛首都大教堂的鐘塔
200 多萬人延綿 675 公里的大合唱
「波羅的海之路」令全世界震驚

三個小國向蘇聯以及世界
宣示復國的強烈的願望

最後成功

千萬點橙紅色——赴柏林路上，德國

在疾行的車上
一閃就過去了
路旁千萬點橙紅色
在綠色襯托下

我的相機拍不出清晰的影像
到底是甚麼花？

又是千萬點橙紅色
在藍色的襯托下

一定是每年十一月十一日
我衣襟上佩戴的
罌粟花

柏林電視塔——柏林，德國

東德政府下令
關閉全部的教堂
拆除全部的十字架

柏林電視塔建成了
用這德國最高的建築物

向西方炫耀社會主義優越性

當陽光
照射到塔上球形的觀景台
立刻出現一個耀眼的十字

政府用油漆及各種化學物料
都不能把十字消除
強權奪不走信仰自由
當太陽重現

柏林圍牆

在人類歷史中
堪與中國長城相比的牆
就是柏林圍牆

兩者各具相反的目的
一個是抗拒外敵入侵
一個是禁止國人外逃

長城雖長　只是磚石結構
柏林圍牆延綿 160 多公里
多重鋼筋混凝土的高牆
鋪上跟蹤足跡的細沙
拒馬　釘床　地雷　水雷
高壓電的鐵絲網　探照燈

觸發警報器　金屬柵欄
600 頭警犬
哨所上瞭望塔上
14000 隨意開槍的警衛

現在的殘牆上
畫滿與這記憶無關的圖畫
我用手感受這圍牆的熱度
用腳踏在或磚石或金屬的標示
圍牆曾經所在的位置
想像追求自由的勇士被殺

這段牆身竟然有一個破洞
透過洞口我向外窺探
體驗一下被禁錮者
渴望自由的心境

圍牆開始倒於 1989 年冬季
1989 地球上發生了許多相似的大事
1989 是人類歷史重要的一年

2019 年 6 月 10 日在波羅的海上

郵輪在柏林赴奧斯陸途中
海景看得太多了
只好回房裡看電視新聞

屏幕出現一個熟悉的城市
說是有 100 萬人上街示威

我已非中國人
身在萬里外海闊天空
欣賞晨曦和落日的美景

我登岸遊覽的一個個國家
都有反抗強權爭取自由的歷史
我可以置身事外
我無法置心事外

黑夜裡　太陽升起了
其實是海平線上遠處
另一艘發出金光的郵輪
它欺騙了我

空椅子——奧斯陸，挪威

偶然瞥見
遠處一座紅棕色的大樓
頂部有一個大時鐘
肯定是奧斯陸市政廳了

分針時針突然急速逆向轉動
轉到那個冬季那一天下午
就停下來了

我向它飛去　穿窗而入
我也是支持競選的簽署者之一
應該可以參加盛會

堂皇的大廳坐滿了貴賓
華裔的小提琴家剛演奏完畢
挪威國家兒童合唱團上場了
大會知道領獎者愛聽兒童合唱

他之前的幾十年裡
有蘇聯的　波蘭的　緬甸的
同樣在監獄不能前來
是由妻子或兒子代領
但他的妻子也不准前來

而我看見　他自己來了
就在你們看見的那張空椅子上

請細看這精緻的天藍色的椅子
椅背上有一隻半抽象的
引頸橫飛的白色的仙鶴
那就是他
禁錮不了的自由的思想
來了

（完）

蝴蝶效應

亞馬遜河熱帶雨林中
晨光初露
一隻羽化中的黃蝴蝶
正要把摺皺的兩翼撐開
不幸被野玫瑰的刺
刺中胸腔
兩翼勉強的拍了兩下
跌在地上

就這兩下
引致兩個星期後
美國德克薩斯州一場龍捲風

然後
多倫多的唐人街發生地陷

然後
大西洋翻起了怒濤

然後
蘇格蘭伸手不見五指的濃霧

然後

西班牙破紀錄的酷熱

然後
波蘭下了場冷死人的大風雪

然後
愛沙尼亞暴雨成災

然後
南非連續出現五個白夜

然後
捷克的大冰雹延續了兩天

然後
柏林吹倒了無數的排屋

然後
烏克蘭東部撲不熄的山火

然後
白俄羅斯首都十萬群眾上街

然後
立陶宛有望不盡頭的人鏈

然後

西太平洋起了狂瀾

然後
南中國海意外海嘯

然後
越南菲律賓刮起特大颶風

然後
馬來西亞見到綠色的極光

然後
西藏的珠穆朗瑪峰上升了三尺

然後
日本許多座死火山同時爆發

然後
南韓南部泥石流死傷無數

然後
新疆出現蔽空的蝗蟲群

然後
台灣全島大地震

然後

澳門天空同時出現十條彩虹

然後
北極的冰川幾乎全部崩塌

然後
黃河長江珠江泛濫成澤國

然後
香港沙田的蝴蝶谷
千千萬萬蝴蝶聚集
來了兩百多個品種
一同緬懷
亞馬遜河熱帶雨林中
那隻羽化未成就死去的同類

2020 年 8 月 24 日。

緬甸民主天使

向 Angel Kyal Sin 致敬

1

十九年前的某一天
在緬甸第二大城
位於中部地區的曼德勒
誕生了一個女嬰
母親是少數民族果敢族人
父親原籍雲南
誰都不會料到這一個混血兒
是天使化身

2

十九年後
她成了眾人矚目的美少女
是一家理髮店東主的獨生女
名叫 Ma Kyal Sin
漢文名　鄧家希
英文名 Angel

3

她美　也很愛美
愛時尚的化妝打扮
戴耳環　穿耳飾　指環　手鐲
穿各種新潮流的衣裳

一頭顏色多變的長髮
黃色　黑色　灰色　金色
紅色　紫色　或深或淺的棕色
以及混合色

口唇卻永遠是紅的

4

美　總與藝術連在一起
她顯露了多方面的藝術才華
當然是自己店裡的髮型師
她作曲　唱歌　自己錄 MV
製作自己歌曲的唱片
又是舞蹈中心的舞蹈員

5

能文　也能武
嬌小玲瓏的她

竟然是跆拳道的冠軍
總之　她熱愛生活

6

2020 年 11 月 8 日
緬甸議會選舉　她是「首投族」
首次參加投票之後
她自豪的親吻自己紫色的手指
說「我履行了國家民主的責任了」

7

2021 年 2 月 1 日　緬甸政變
軍方奪權監禁了政府領導人
這個愛美的美少女
剛烈勇武的一面顯現出來了

她得知軍方總司令敏昂萊
因病入了醫院　她說：

「換我做個護士
我願意豁上性命
給他注射毒液
死我一個人
好過整個緬甸沉淪到
現在的樣子」

8

2 月 11 日她開始上街和平示威
紅口罩　紅髮帶紮住長髮成馬尾
右手握一個紅色的擴音喇叭
臨行父親在她右手手腕
綁上一條保佑平安的紅絲帶

她左手揮動一面紅色的大旗
那是「全國民主聯盟」的旗幟：
一隻黃孔雀
奔向一個巨大的白星
象徵緬甸人民急切追求民主

9

這個天真的少女
也許不清楚國內的
以及國際間複雜的政治形勢
不清楚有幾個強國在角力
在聯合國安理會裡
一方支持她們追求民主
另一方默許軍方開槍鎮壓她們

她只知道自己是個緬甸人
就要為緬甸反獨裁爭民主
她完全沒有考慮　準確地說

她完全沒有顧慮到

牢獄之災　子彈無情
自己的死生

10

臉書上　掛在頸脖的紙牌上
以至背囊裡都有留言：

「我是 A 型血
倘若我命喪槍口
請將我的眼角膜以及好的器官
全部捐助給有需要的人」

「人總有一死
不要浪費資源救我
我捐出身軀救更多的人
請大家分享」

「分享」一詞我們用得太多了
總是在電腦上　手機上
有誰說過「分享」自己的身軀呢？

11

3 月 3 日和父親擁抱道別

父親如常的
為她的右手腕綁上紅絲帶
她戴上黑色的口罩
左膝破洞的藍色牛仔褲
黑色的運動鞋
黑色 T－Shirt 上反白字：
「Everything will be OK」

她發給好友的留言：
「我要衝在最前面

反抗軍政府
像仰光人一樣勇敢」

「這可能是我最後一次這樣說
非常愛你　別忘了」

12

在與軍警對峙中
她保護戰友
大聲叫戰友「坐下！
子彈會打到你的
你看起來像站在舞台上」

軍警射來催淚氣體
她以跆拳道冠軍的腳

踢爆水管
讓戰友們洗眼睛

她勇敢的拾起催淚彈
向軍警扔回去

她站在最前線向軍警大喊：
「我們不會逃跑
我們的鮮血不應該流在地上」

當催淚彈密集如雨下
她喊：「我們要團結嗎？」
集體的回應是「團結！團結！」

13

催淚彈之後
接著是密集的實彈
在向戰友派水之後

她突然倒地
是頭部中槍
時維 3 月 3 日中午 12 時 20 分

鮮血從彈孔和鼻孔沖出
黑口罩和護目鏡掛在頸上
兩個戰友把她扶起

騎上摩托車趕往醫療站

14

在街頭上奔忙的熱血的她
變成了冰涼的遺體

她胸口戴了一個星形的吊墜
她的緬語名字的意思
就是「純潔的星星」

想來也就是紅旗上
象徵民主的白星
她是純潔的
追求民主的意念是純潔的

15

睡在棺木中
穿上一襲緬甸的民族服裝
是她喜愛的紅色

我彷彿看到
一面「全國民主聯盟」的紅旗
蓋在一個青春的
願與他人「分享」的身軀上

16

她的 T－Shirt 上
Everything will be OK
那個　OK
原意是「O Killed」
被殺者數目為「零」
沒有人死亡

她最後一首原創歌曲
名為「No Reason」
沒有人死亡　沒有理由嗎？

Angel　Kyal　Sin　沒有死
下凡人間走過十九年多彩的人生
現在她還原為天使
永遠遨翔在緬甸的上空
向下望

2021 年　3 月。

烏克蘭抗俄戰爭小記（節錄）

2022 年 2 月 24 日，俄軍突襲烏克蘭，稱為「特別軍事行動」，不認為是戰爭，更不承認是入侵。一般人稱為「俄烏戰爭」，我稱為「烏俄戰爭」，更準確說，是「烏克蘭抗俄戰爭」。

兩歲女童的嫩背

33 歲的 SASHA MAKOVIY
在俄軍侵烏的第一天
顫抖的手
在兩歲女兒 VIRA 的嫩背上
寫上她的名字和自己的電話
又把家族族譜寫在硬紙片上
放入 VIRA 的衣服中

如果自己不幸死亡
希望有心人幫助 VIRA
尋找到 VIRA 的親屬

寫給 MAMA 的信

9 歲女童與母親
居住在基輔附近的
GOSTOMEL 鎮

當乘車逃難時　被俄軍襲擊
目睹母親被射殺身亡
她嚇得全身不能動彈

俄軍離去後
她被民眾救出
安置在避難所
她給母親寫了一封信
開頭是 MAMA

「這封信寫給你
作為 3 月 8 日的禮物
如果你認為沒有好好照顧我
那你是錯了
謝謝你給了我生命中最好的 9 年
非常感謝你讓我擁有童年
你是世上最好的媽媽
我一輩子也不會忘記你」

「我希望你在天上是快樂的
並且能夠上天堂
我會努力做個好人
這樣我們就可以在天堂上相見
親一個」

夢想。願望

記者訪問避難所的兒童
有甚麼夢想
有甚麼願望

一個男童說
夢想是見到被殺的父親

一個女童說
她希望能升上「小二」

不是成績不好
是希望能活到「小二」之前
不被俄軍殺死

黑夜的天籟

昏暗凌亂的防空洞裡
降下清嫩的天籟
慰藉著一群難民的心靈

7 歲的 AMELIA
唱起動畫《冰雪奇緣》的主題曲
《Let it go》的烏克蘭版
歌聲響徹全世界

戰亂中
頭髮不免有點凌亂
她黑色的衣服上
有巨大的白星

國歌與「國歌」

AMELIA 到了波蘭
一個籌款音樂會上
梳了兩條小辮子
穿上白底彩花的民族短裙
面對千千萬萬的支持者

不是唱《Let it go》
是清唱烏克蘭的國歌
《烏克蘭仍在人間》

「烏克蘭沒有倒下
她的光榮和她的自由猶存
我們的敵人將會滅亡
就像朝陽下的露水
在這片自由的土地
我們必將再起」

她不會知道
她的先輩曾唱過的
所謂　也不知所謂的烏克蘭國歌：

「我們在蘇聯找到了幸福」
「俄羅斯人民為我們的命運奮鬥，
是永遠的朋友與兄長」

「列寧照亮了
我們奔向自由的路
斯大林引領我們達到高峰」

他們就是
用「特別軍事行動」
企圖要你們再次歌唱
這已死亡的「國歌」

800 公里

雙親留守祖國奮戰
一個 11 歲的男童
揹起小背囊　放好護照
手背寫上親友的電話
獨自起程

獨自走過 800 公里路
抵達斯洛伐克邊境

公雞陶壺

俄軍狂炸 BORODIANKA

民宅盡毀

廢墟中
一個廚櫃之頂
安然站立一隻公雞
是一個公雞形的陶壺

雄赳赳
昂然獨立的烏克蘭
是堅韌的陶公雞
不會被炸爛

國旗處處

我站在
烈治文市政廳前
一枝新立的旗杆下

仰望藍黃兩色
凌亂翻捲
那是一陣又一陣突來的東風
要把它摧殘

我急跳的心在碎裂
我身在戰場

到停車場取車

發現一列不知名的樹
藍天下
正開滿小黃花

國家級古蹟舊魚廠
早年華工宿舍之頂
飄揚著百多年前的國旗
黃的底色
藍的游龍

在回家的路上
尾隨著一輛大型垃圾車
藍底黃字：
Caution
Wild Right Turn
Do not Pass on the Right

經過「皇家銀行」
今天才看清楚它的標誌
藍色的盾形上　黃邊的
一頭持球的雄獅

我車轉入村口
路旁立一個上藍下黃的鐵牌：
是一男一女兩個兒童在踢足球
Slow Down
Kids Playing

我家大門旁擺放著
等待周一市政垃圾車來收集的
藍箱子　放塑膠瓶
黃膠袋　放舊報紙

《明報》副刊有梵高作品欣賞
《普羅旺斯的收穫》
1888 年創作　收藏於瑞士
巴塞爾藝術博物館
上半是藍天
下半是黃熟的麥田

偶見洗衣房的地上
一個藍水桶的桶邊
擱了一雙黃色的膠手套

作家協會開雲端會議
見文友廖兄戴了個藍眼鏡
穿了黃背心

妻說：
你頭上的雪帽
正好是藍黃間條的

2022 年 4 月，加拿大烈治文。

最勇敢的人民

2022年2月，俄羅斯軍隊突然大舉入侵烏克蘭，意外遭到頑抗。烏國軍人智勇壯烈，平民口誅槍伐，顯現哥薩克民族善戰傳統，世界驚奇，成為小國能對抗大國的範例。

人臂擋車

看不到盡頭的一列戰車在行進
一個男子向戰車擲石頭
然後迎面抵擋
戰車向右　他也移右
迫使戰車迂迴閃避

一個男子雙手撐住坦克
要阻止坦克前進
坦克只得停下
他跪在車前不起

揮動著烏克蘭國旗
上百群眾一步一步
迎頭走向一輛坦克
要阻止它進村

向日葵種子

在 HENYCHESK 街頭
一位黑衣黑褲的婦女
向一個持槍的俄兵質問

「你是誰？」
「我們在演習　請你走開」
「甚麼演習！你是俄羅斯人嗎？
那你他X的在這裡做甚麼？
你們是入侵者
你們是法西斯份子
拿著槍　在我們的土地上做甚麼！」

「把這些種子
放在你的口袋吧
等你們都躺下時
至少能長出向日葵來」

註：向日葵是烏克蘭國花。

哥薩克

「在這片土地上
除了墳墓
沒有寧靜的地方了」

「我不要逃生徑
要武器」

「你們給我們武器
我們貢獻生命」

有比生命更寶貴的嗎？
有　是靈魂

有比靈魂更寶貴的嗎？
有　是自由

「獻出我們的靈魂和肉身
為了我們的自由」

「我們屬於哥薩克民族」
哥薩克
原意就是「自由的人」

還有哪國的國歌
悲壯到獻出靈魂的嗎？

註：此詩錄了五句話。前三句，是最近烏克蘭人說的；後兩
　　句，是烏克蘭國歌的歌詞。

2022 年 4 月，加拿大烈治文。

第六輯

逸
詩

夜夜年年　在地球的表面
千萬枝中國製造的中華牌
同時舞動
鉛筆　或者香煙

請你停一停　看一看
天安門前那金燦燦的華表
就握在你手中

──〈華表〉

飛鵝

報載：一九八三年一月六日下午，河南省桐柏縣某山村，一隻十多斤重的白色家鵝，突然一飛沖天，消失在藍天之際。

我猛然醒悟
三千年前我拍翅的本能
山風助我
我一躍　拍噠拍噠
這一躍　是三千年的積憤

藍天在上
下面的驚呼扭不轉我的志向
任你們怎樣的追趕
你們沒有翅膀

昨夜
夜風裡那一聲嘹亮的雁鳴

也許來自浙江的雁蕩
也許來自湖南的衡陽
也許來自西伯利亞那一個湖邊
也許就在中原
古老的月色下
我曾經徐徐降落的那一片平沙

或者　來自遙遠的祖先
來自我自己的三千年前
射穿了我的左翼一枝急箭
我跌落一張喧嘩的大網

三千年
三千年把青灰色的羽毛漂白了
把紅棕色的斑紋漂白了
一個竹籠
把飛雁豢養成鵝的蹣跚

但我的鵝血依然是雁血
合群　勇敢
敏銳的聽覺
春分　秋分
聽陽光直射向赤道的叢林
我仰望我的藍天
伸長我越伸越長的頸

當我們遠征
向北　或者向南
日球月球在兩翼間升降
地球在兩翼下旋轉

當我回歸到我們的隊伍
在天空

向你們作一個群居的示範

人　有序而平行

1983 年 1 月。

巨贊

一九八二年十月三十日，在佛教黃鳳翎中學大禮堂聽巨贊法師
說禪。

天幕是一展紅布的橫額
隸書的菩提葉閃耀金色的名銜
菩提樹下
趺坐一尊黃袍的釋迦

全體起立———問訊
滿堂的凡夫俗子合十鞠躬
再問訊　三問訊
佛門弟子持香跪下
向舞台上的漢白玉大佛像前
上巨下贊
一尊現代的釋迦

無視於電視錄影刺眼的射燈
無視於前後左右
三尺之外三尺之內熠熠的閃光燈
七十多歲如六十多歲的一尊中年
靜坐如磐石
雄辯如法官

洋洋灑灑吐千年的謎面
六祖之後誰接的衣缽
洋洋灑灑吐千年的謎底
靜慮
應無所住而生其心

法輪常轉
法螺是高音喇叭
出家而入世
無常而永恆
比大乘大　比小乘小
唯物的唯心的唯物論者

自渡　渡他
從此岸到此岸
全體起立──一問訊
眾生合十
連我膝蓋上那一隻烏蠅

華表

詩寫到中途
偶然轉動一下手中的鉛筆
赫然
金燦燦一個華表　在筆桿

一定　是天安門的
巨龍纏繞那一柱漢白玉
搞不清甚麼名堂一頭家獸
蹲在柱頂

堯舜時代
通衢大道豎立了木牌
讓百姓寫上諫言的
華表木

何時開始
實用的木牌變裝飾的石柱
諫言變節了
變成神威凜凜的帝王的雕像
一頭眈眈然的特務
蹲在柱頂

最後的一條龍
幾十年前就已經絕種了吧
那是遺像
誰都可以認為自己是龍的傳人
我就不是

我是人
我是中國人
（也不一定就是炎黃的子孫）
我是現代中國的寫實的詩人
一枝中華牌紅黑相間
輕軟的心子有沉重的名稱
頂端蹲一個橡皮頭
擦也擦不掉
我酒後肝火太盛囉囉唆唆的詩句

從底到頂消耗著自己
鈍了　又削尖
一直削到了那金色的商標
我的手也就衰老

夜夜年年　在地球的表面
千萬枝中國製造的中華牌
同時舞動
鉛筆　或者香煙

請你停一停　看一看
天安門前那金燦燦的華表
就握在你手中

1983 年 9 月 22 日，夜。

雲杉的遺言

你們說的
你們說把我移植到南方
南方海岸的一個廣場
你們說那裡有一個甚麼
Gloucester Tower

我還以為
我會變成一個常綠的塔
生長　在南方的海岸

電鋸鋸我
帆布包我麻繩綁我
我被押上一個震動千里的火車卡

三條鋼絲拉我直立
在告羅士打大廈裡一個大廳
置地廣場
置我於死地的所謂廣場

燈飾　櫥窗　輕音樂
自動電梯　自動門
空氣調節
落地的玻璃窗封天的玻璃窗

從無價的山地
到無價的中環
一方光滑的人造石板上
隔絕泥土

半空中一群鴿子繞我迴翔
用尼龍絲吊著
塗上金粉一組組發泡膠板

我懷念故土
六十年前　一陣風
一個球果自葉尖滑落濕潤的山溝
就是那一陣風
和我自己的重量和形狀
選定了我千年不變的住處

驕陽如火那灼熱的十年
寸土必爭的惡草搶走了水份和營養
制止了我的生長

現在
你們又為了紀念一個已死的聖人
欣賞著我的死亡

1983 年 12 月，香港。

移植的花
——雪梨兒童繪畫比賽一景

那邊是雪梨塔
這邊是「誼園」
小女孩開始動筆了
但她不寫生

滿城的 Jacaranda 都開了
是從南美洲移植到
這一片土地的

千樹紫花圍繞著
從心中移植到畫紙上的
一朵白色的梅花

1989 年 11 月 19 日作於雪梨。
（12 月 9 日刊《澳洲新報周刊》）

十二月的道格拉斯樅

綠色儀仗隊立在冷空氣
在 Save-On-Foods 門外
樹香　那生命的氣息
蓋過了乘虛奪門而出的
出爐麵包的牛油香

十七日中午售價已調低
從 17.99 元減到 13.99
早報上有一段消息：
聖誕樹商人
今年賺大錢

二十四日　下午
13.99 的標價的上面
加了一個「Free Tree」的牌子
樅樹的身價已經回升
不再是商品

二十六日傍晚冷雨霏霏
大貨車伸下來一隻機械臂
巨掌攤開五隻粗重的手指
笨拙卻有力
一把一把抓向倒臥的樹堆

直立在每個溫暖的客廳的
用閃爍的彩燈打扮
節日之後
有集體火葬的儀式
在 Richmond 某處舉行

像中國新年薄命的桃花
根被割斷了
就註定死亡——
胡蘿蔔也很甜
買根回去生吃吧

註：道格拉斯樅，Douglas Fir。
　　Save-On-Foods，商店名。
　　Richmond，加拿大烈治文鎮。

1990 年 1 月，烈治文。

茶樓牆上的黃鶯

誰會去注意
玻璃板壓扁了的園林
這一隻飛鳴的黃鶯？

我們文雅的祖先
在吃喝的前後
細意欣賞著姿態和鳴聲

鳳爪　鴨掌　糯米雞
我們聆聽點心車子叫賣
審視斬開四件的燒乳鴿

只會吃喝的不肖子
黃鶯同樣有愧牠的先輩
造型生硬　開口　卻沒有聲音

真的是這樣嗎？　誰能分辨
最好時光倒流一百年
向失望的祖先請教

2001 年 8 月，溫哥華。

鬼王節手工

鬼王節（Halloween）下午，到烈治文商場看孩子們打扮成鬼怪，在攤檔製造自己的手工：有南瓜燈、飛天鬼、蛇。2002年10月31日。

製造一隻鬼

四點鐘　商場開始派糖了
孩子們紛紛離開攤檔

鬚髮皆白的我　填補了真空：
「我也可以學造一隻鬼嗎？」

一位西婦給我材料又耐心解說
她當我是小孩子

先在一隻膠茶匙的背面
畫一個鬼臉

用白色紙巾剪成了衣袍
金色的廢紙摺成了披肩

纏兩條彈簧　成為雙手
綁繩　膠吸管作提杆

一隻「鬼」從我雙手製造出來了
雖然遲了六十年

製造一條蛇

我提著我製造的鬼到另一個攤檔
「我也可以學造一條蛇嗎？」

一位西婦給我材料又耐心解說
她當我是小孩子

她給我一隻畫了螺紋的紙餐碟
我用蠟筆在背面塗滿紅綠藍黃

依螺紋剪開成一個蛇餅
用打孔機打出兩隻眼睛

剪貼一條開叉的蛇舌頭
撕彩色的紙片貼成了鱗甲

用一條繩綁住蛇的頭
一提　蛇突然跳躍起來了

原來可怕的東西也可以變可愛
就看我們如何對待

暖春遲到

河隄上
遍尋不獲那一叢冬青

一周前散步時發現的
亮綠的刺葉匍匐一大片
鮮黃的繁花競放
搶先報喜：春天到了
比水仙花更早
比知更鳥更早

應該就是這一叢了
刺葉的亮綠變成了亮紅
帶著棕斑
黃花變成了鐵鏽
開始枯萎

我記起前天夜裡
下了場意外的大雪

2003 年 3 月。

為挪威森林貓留影

後園相鄰的人家養了一隻貓
常常穿過圍欄的空隙走過來
牠全身是厚重的棕灰的長毛
頭大身粗　太粗的尾巴
雙眼威嚴的挪威森林種

牠愛在我的後園閒坐和睡覺
見到我時一定主動走近
甚至夠膽走進屋裡　走上二樓
巡視全屋查看洗手盤
牠喜歡我撫摸牠
咕咕的享受著　毛太厚了
牠的體形我怎麼也摸不清

今天出現在圍欄頂
夏天炎熱
主人把牠身上的毛剃光
脫光了衣服的挪威森林貓
只有鬚毛豐盛　尾端如球
貓臉孔的一頭灰皮的幼獅

我連忙走回屋裡取照相機
為這個怪異的模樣留影

牠不合作　也許是無意的
一是走到工具小屋的側邊
一時走進草叢
總是陽光照不到的暗處

走出來了　我正要拍下
牠突然穿跳過圍欄
走向自己的家失去了蹤影

即使拍到了　沖印好
看了　又怎樣？
也許哪裡一放就是二十年
永遠沒有機會取出來重看
雜物房裡不是有一大批舊相片嗎？
三十多年無暇整理
香港搬過來十多年沒有開箱
還不知道是不是遺失了
像殘夢　依稀有過但了無痕跡
很可惜　但也不足惜

留影　是為了留給將來做紀念
這所謂將來的紀念
其實只是當下一時的過癮
但已經足夠了

2004 年 4 月 25 日。

雲南小景

聶耳墓

是不是二十三朵呢？
圓圓潤潤的山茶花

這大理石刻的花環
是最美的休止符

七色蛛網

紅橙黃綠
青藍紫

一個蛛網
洩露了
七色

雲南石林裡
黃昏
彩蝶們的靈魂

2006 年 11 月。

撒尼族歌舞

九點了
晚霞留戀著高原的地平線
石林靜穆
撒尼族少女歌舞起來了

軀體輕擺如風中小樹
整齊與不整齊之間
樹葉振動尖輕的歌
發自少女唇上

沒有擴音器　不施脂粉
原始總是膚淺的嗎？
最天然的聲色
含最深的悲歡

上不了舞台更不會獲獎
未經訓練的歌舞者
不懂「藝術真實」
因而不會作假

夜深　歌舞倦了
彩繡的衣裙溶入深灰的石林
二億七千萬年前的象形字

齊集　蕭立月色中

明晨
賓館前延綿一列列攤檔
彩繡的衣裙變現代的商品
糾纏圍攻　每一個女遊客

老婦　少婦　少女　小女孩
一群群阿詩瑪
用日語　用英語
討價　還價

後記：寫於雲南石林。阿詩瑪，是撒尼族民間敘事長詩《阿
　　　詩瑪》主角。

2006 年 11 月。

我的銅像

蔣中正的幾百個銅像當廢料賣
列寧巨大的銅像在西雅圖的餐廳站崗

美於真人　偉於真人的　偉人
成了廢物　貶為警衛員

我的銅像　不立在熙攘的廣場
不存於電腦　它存於人們的腦中

要刪除？　要毀壞？　要般走？
可以　可以把人腦一個個砍爛

2007 年 5 月，溫哥華「三貓居」。

白桃與毛桃

這個果攤上
紅黃悅目的「白桃」有五種
每磅由七角九到一元四角九
總有一種適合我的

桃子上橢圓的小貼紙
藍的　黃的　綠的　我細看
不同的農場
都是美國加州皮光肉滑的產品

我記起前兩天在另外一個果攤
見到過一種「毛桃」
賣相灰黃　大小懸殊
手感毛糙不舒服
還夾帶了桃葉
堆滿一個大紙箱

我還是再開車到那裡
我不理價錢
也不理它甜還是酸
但一定是生自我省內陸的果園

2008 年 8 月，烈治文。

龍，歸天了
——悼澳門連理樹

童年的我
在眾樹身之間捉迷藏
嬉戲　追逐
那是我們的小小的樹林

青年的我
愛仰望那糾結的枝幹
是一雙情侶　無視眾目
纏綿於兩者的小天地

中年的我
曾頌讚十億片翠綠的
振動的鱗甲
可以潛水可以飛天的　龍

龍　歸天了
遺下一張照片向後世顯示
這裡有過的　天真的時代
小愛的時代和大愛的時代

後記：此詩是應方寬烈先生之請而作。

2009 年 3 月 5 日，驚蟄。

澳門號下水

船身　葡國式
船帆和船舵　中國式
十六世紀一艘三桅船
徐徐下水

向著歷史駛回去
我眼中的紙紮船
三枝桅杆　是一炷清香
升起的帆　是蠟燭的火焰

載了金銀　載了衣服
一疊疊面額五萬元的鈔票
路票　是最重要的
駛進冥府祭海上的亡魂

大西洋　中國海
始終是相連相通的
光輝也罷　屈辱也罷
四百年是非逝去的水

先進也好　破落也好
船身　就這一個船身
我們體察著風力和風向

調整著船帆

船舵　掌握在我們手中
在船尾轉動
對著歷史又與歷史疏離
駛向未來　歷史的反方向

1987 年冬，澳門海事博物館。

The Launching of the S.S. Macao

by Ho See-Fai

Translated by Jan Walls

Portuguese hull,

Chinese sails and rudder,

a 16th Century triple masted ship

gently slips into the water

sailing back towards history,

my eyes see a paper boat

whose three masts are incense sticks

whose hoisted sails are candle flames

loaded with cargo of gold, silver, and garments

stacks and stacks of 50 thousand yuan bank notes,

our tickets for passage, most important

for sailing into the netherworld, as offering to souls lost at sea

the Atlantic Ocean and the China Sea

have always been connected

glory, humiliation - who cares?

four centuries of right and wrong are water under the bridge

advanced, lagging behind - who cares?
the hull is, after all, just a hull
we test the wind for its strength and direction
Adjusting the sails

the rudder, in the grasp of our own hands,
rotates at the stern
facing history and distancing history
sailing towards the future and away from history

Winter, 1987, at the Macao Maritime Museum.

獸面仁心

一群野羊被獵人逼上了崖頂
面對無法企及的對面的山崖

一隻公羊配一隻母羊
一隻公羊配一隻小羊
兩兩搭配
同時向對崖跳去

當公羊開始墜落
母羊或者小羊
以公羊的背為跳板
奮力再跳
跳到對崖去

2008 年 6 月 1 日

Animal Face with a Humane Heart

by Hán Mù
Translated by Jan Walls

Hunters forced a flock of wild sheep to the edge of a cliff
facing another cliff across an unleapable gully

Some rams paired with a ewe
others paired with a lamb
and two by two
they leapt toward the facing cliff

When the ram started to drop in mid air
the ewe or the lamb
used the ram's back as a springboard
and pushing with all its might
made it to the other cliff.

附
錄

名家點評

1. 1984 年 3 月，在澳門長大、在香港以詩成名的作家韓牧，於《澳門日報》舉辦的「港澳作家座談會」上，呼籲「建立『澳門文學』的形象」，激起了澳門文學界的自覺意識，可以視為澳門文學醒覺的標誌性宣言。

　　　　　——張堂錡〈新世紀澳門現代文學發展的新趨勢〉

2. 澳門文學概念的正式提出，一般認為是韓牧在 1984 年 3 月 29 日「港澳作家座談會」上的發言，發言中突出了『建立「澳門文學」的形象』的倡議。……造成了巨大的學術衝擊效應。

　　　　　——朱壽桐〈漢語新文學視閾中的澳門文學〉

3. 韓牧就是在這些歷史的遺跡中流連忘返，他通過詩的語言把思想的利劍刺進了歷史的中心。……他從殘留的大三巴牌坊看到了葡萄牙對澳門全面征服的企圖。……詩人從澳門景觀的直角中，一下把握著了歷史的面貌。

　　　　　——蔣述卓〈論澳門現代詩歷史意識的表現〉

4. 韓牧對澳門的關懷，並不停留在樸素的鄉情以及對一草一木的迷戀，作為炎黃子孫，作為文化人，他對澳門有強烈的民族感和深刻的歷史思考。

　　——吳志良〈澳門的世界，世界的澳門〉，《韓牧澳門詩選》序

5. 韓牧的詩，不刻意雕琢，不矯情，以自然語氣流露真情，以形散

神聚的句式傳達詩意，而且擅於組詩，他的幾個詩集，大都是由許多個組詩組成。《回魂夜》一集，是他在亡妻「回魂」之夜，守著妻子亡魂回家，思潮波濤洶湧，揮筆狂草竟夜，達旦而得詩一千五百行，情之深，詩之才，可說空前。韓牧有著一顆沉重的中國心，只要望著中國的土地，他的這一顆心就活躍起來，情感瞬息千變萬化，韓牧就不是原來的韓牧。

——陶里《從作品談澳門作家》

6. 韓牧多產。題材、表現形式多樣……這裡選了他另成格局的短章。《住所》的鳥之籠比喻住房之擁擠、令人窒息。「加鎖」「加鐵門」，是受到缺乏安全感的威脅。「都市的魚／安全在海鮮酒家的水族箱」之「安全」，與人們為求安全「加鎖」防範是互襯互喻的。寫得凝煉，耐人尋味。

——周良沛《香港新詩》

7. 韓牧對澳門文學的獨立發展極為關切。一九八四年在澳門，率先提出《建立「澳門文學」的形象》，引起澳門文學界的廣泛響應，且致力舉辦「澳門新詩月會」。……童年經歷的戰禍和底層人生的體驗，使韓牧有著強烈的民族意識和現實意識，……這使韓牧的詩有強烈的社會使命感和群眾觀念，走的是現實主義的路子。……對現實的關懷，韓牧寫下許多香港和澳門的詩。諷刺和揭露常有一針見血的功力。而對澳門，他的批判深入到歷史，作品既有強烈的生活氣息，又有深沉的哲理意味。由幽微到宏碩的聯想，意象生動而又蘊藉深沉。一九八二年韓牧出版了他為亡妻沈艾荻所寫的一千五百行長詩《回魂夜》，在香港引起強烈的回響。感情深切、真摯，回腸蕩氣，一瀉千里。詩中流露中華民族傳統的人倫情愛觀，使這首原來標有「禁止傳閱」的詩人「私

語」，有著很大的典型性。

——劉登翰《香港文學史》

8. 詩，是韓牧感情的浪花，從他心靈深處湧出，寄托著他對生活獨特的體驗與感受。韓牧的詩題材廣闊：童年的回憶，異域的神遊，遊子的鄉思、鄉愁，現代化都市的喧囂，大自然的景觀，社會百態，等等，都是他表現的對象，詩的藝術風格多彩多姿。韓牧的詩章法多變，他善操多種技法，既精通古體詩，又能從現代派中吸取營養。他的部份近作以獨特的藝術形象來表現抽象的概念，重表現自我，展露出某種含蓄、富於朦朧美的意境。有些詩跳躍性很大，需要讀者用自己的想像為橋樑，溝通細節之間的聯繫，詩人顯然深得「不全之全」、虛實相生手法之妙處。

——潘亞暾、汪義生《香港文學史》

9. 韓牧對其出生地流露出深厚感情。〈教堂教堂〉，表達戰火中走過來的中國人的切膚感受。〈澳門獵古·在「連勝馬路」上〉，用以小見大的史筆，為街道也為異國情調的小城澳門立傳。《伶仃洋》則洋溢著愛國主義的激情。〈追尋杜甫〉這首詩，追尋杜甫的足蹟，追尋「安史之亂」所失去的眾多寶貴光陰和財富。畫面絢麗，思緒起伏，其中所體現的文化蘊涵、歷史情懷，富有韻味。

　　他沉潛，語言流暢，文字洗煉，不用新潮的霓虹燈裝飾自己。他把自己定位為「無所棲身無所遁形一頭華南虎」，所以無論在何處寫詩，他都用自己的「虎步」行走在詩壇。他先是離開澳門，前往香港，然後遠赴楓葉之國。他不斷跨越不同的邊界，始終不忘是數千年神州黃土哺育成長起來的詩人。

——古遠清《香港當代新詩史》

10. 讀了你寫維納斯的長作〈愛情元素〉，十分感動。此詩顯示出詩人內心的最底層，慾的激發與靈的昇華交替敘寫，非常深刻有力，我極喜歡、佩服。這是你近年創作的大收穫。標題也好，將來出一詩集，就可以用「愛情元素」，用此長作當全書的主題（或標題）詩了。

　　詩人也是凡人，文人也是俗人，不凡，不俗，是一個觀念，不是一個真正的人。但從來人們寫維納斯總是美呀美的，從來不敢把一個男性對女性的直覺（慾念、獸性等骯髒的部份）寫出來，而你卻寫了。詩中有慾、有靈，交纏、矛盾、鬥爭，最後得到辯證的統一，把慾化為靈，把獸性變成神性，最後體現出被維納斯征服的美。詩人失敗了，維納斯勝利了，而也當然，真正的意味是詩人的詩勝利了。

　　——瘂弦〈兩封信〉，韓牧學生詩集《愛情元素》《梅嫁給楓》代序

11. 看韓牧先生為文、為字，必然是懷了一顆敬畏的心。為文，他簡約，清純，能用一、二字說明白的，不用三、四字，能用短句子說生動的，不要長句子。可以用小塊文章寫人狀物的，不寫大部頭。

　　他在文字把握上的精準，那一書的字兒詞兒，沒有不乖的。處處在在都留下了韓牧先生對生命中的真、善、美的追求、發現和描述。他沒有遺漏任何一個好景致不指點給我們看；他也不曾隱藏生命中任何一個事件不向我們報告。他說：「我習慣了精簡，習慣了含蓄，習慣了分行，又習慣了不用標點，但求逼真的表達我的所見所感，也不理它算不算是詩。」

　　——汪文勤〈牧者無疆：《韓牧散文選》讀後〉

12. 韓牧的散文真誠，自然，修養學問自胸臆中流出，文字考究而不做作，行文一任天真自然。所以當得起這「自然」二字。……韓牧的散文涉獵廣泛，從花鳥蟲魚到山水風物，自人情世態至談文論藝，任何題材皆可著手成春，由此也可以見出他的讀書多與見聞廣。

　　詩人本身不是特別看重自己的散文寫作，也沒有刻意為之。而正因為不刻意為之，心無掛礙，信筆寫來，渾然天成，才能達到「俱道適往，著手成春」的「自然」境界。

　　　　——范軍〈「俱道適往，著手成春」——韓牧散文藝術管窺〉

13. 在加拿大華文文學上的詩歌史，詩人韓牧先生是一位佔有重要地位的著名詩人。……在他的詩歌創作方面，他主要是從人生歷程來進行詩歌體驗和思考體驗。……初期，主要出現自然、藝術和愛情世界之間的關係。中期出現了都市風景和內面關照的創作。移居加拿大後，顯出以加拿大華人華文作家的國族認同和離散經驗，表現了移民社會上的多種多樣文化衝突和文化糾葛。

　　　　——朴南用〈韓牧詩歌研究〉

韓牧詩文藝術特點初探

吳宗熙

　　韓牧以詩成名於上世紀七十年代的香港、澳門和南洋，至今出版過詩集十種，屢獲詩獎。除了學術論文，他也寫散文、作評論，出版有散文集、書信集、文學評論集和藝術評論集。本文根據現有資料，試對其詩文的藝術特點，作一初探。

1.港澳時期的詩

　　韓牧少年時就愛寫新詩，青年時努力學習。曾有學者認為：由於他童年時經歷戰禍和貧苦，使他有著強烈的民族意識和現實意識，「走的是現實主義的路子」。另有學者認為：他的詩的藝術風格多彩多姿，技法多變，能從「現代派」中吸取營養。

　　一些研究「澳門文學」的學者，將澳門新詩分為三類：一是繼承「五四」傳統的；二是現代主義；三是上世紀八、九十年代新起的後現代主義。他們把韓牧歸入第二類：現代主義。

　　韓牧自己又怎樣說呢？翻看他 1986 年寫的學術論文〈澳門新詩的前路〉，文末說：「一座森林，長了各種不同的樹，但全部都植根於現實，又全部都接受現代的雨露陽光，又全部都開出美麗卻不相同的花朵。這些花朵，如果要給一個名字，叫甚麼好呢？理論家們是愛談主義的，叫『現代現實主義』好嗎？」由此可見，他的理想，他的追求，是「接受『現代』的雨露陽光」的現實主義。

縱觀他少年一直到老年的詩作，他所追求的這個方向，一直沒有變過。在他少年時，即上世紀五十年代，在香港、台灣，現代主義已經甚盛，南洋也受影響。發展極盛時，詩人們著意模仿，沒有理會與港、台自己的社會現實環境不相配，盲目跟隨西方的理論去寫詩，以致脫離現實，晦澀費解，成為主流。韓牧努力學習現代的藝術技巧、手段，豐滿自己具現實精神、現實意義的詩；卻沒有跟隨大流、主流。

　　七十年代中期，台灣興起了「鄉土文學」，港、台詩人們也感到脫離現實與晦澀費解的詩，好像沒有前途了，於是轉而向現實主義靠近，向明朗曉暢靠近。對論者來說，韓牧的詩，總的觀感就和這些詩相似，相信這就是後來他常被歸入「現代主義」的原因。看來，他的詩，是「現實」的心靈，配上「現代」的身體，與上述那些詩是相似而不同的，也許還是本質上的相異。這一點，值得進一步深入探究。

　　七十年代後期，中國大陸開放，詩人們得以解放，因為禁錮得太久了，見到新奇就模仿，矯枉過正，於是從千人一面的「古典加民歌」，突變為「朦朧詩」。其極端者，仿似五、六十年代港、台的大流，因此又同樣走了冤枉路。因為從未走過，總覺得新鮮。

　　韓牧是幸運的，他自始至終，似乎都是一個方向，一個目標，走在一條路上。沒有「歧路徬徨」，沒有走歪路、回頭路、冤枉路。他走的，也不是墨守的、傳統的、純粹的「現實主義」，也許正是他所說的「現代現實主義」的路。

　　論者常說，韓牧的詩題材廣泛，技法多樣，風格多變。因此也難以把他定位於甚麼主義、甚麼派別。其實，他認為，宇宙萬象、社會百態、人的心理活動，都有無限的風姿，又是變化無端的，如果要真切的描畫，就要因應不同對象的客觀狀態，用上配合的技法、手段。所以多樣多變，是難免的、必須的。這不是他要改變路

向。韓牧性格求「全」,這個「全」字,可解釋為認真,要做到最好;同時也有周全,「巨細無遺」之意。

2.移居加國以後的詩

八十年代末,韓牧移居加拿大,頭兩年還有寫詩,其後就專注於書法創作和展覽,詩停了十年之久,直到2001年新世紀才恢復,其後十年間,又寫出兩、三本詩集來。

在港澳時,他的詩常常寫及國族,評者說他「有著一顆沉重的中國心」、「有強烈的社會使命感」,還有人稱他為「愛國詩人」。當時,有一老詩人因妒忌而中傷說:「他自命愛國,其實是假愛國。」事實上,他沒有自命過甚麼,愛國,只是人們從他大量涉及國族的詩作得出來的印象。

他對國族的感情,移民十年後,同樣強烈,但對象卻轉換了。在詩集《新土與前塵》的〈自跋〉中說:「國族、愛情和藝術,仍是終生纏身的三隻冤鬼,不請自來,揮之不去,其中的『國族』更為複雜,重心由娘家的中國、華族,轉到夫家的加拿大、各族裔來了。」他以身為加拿大公民為榮,寫了很多熱愛、讚美加拿大這個新國度的詩,如〈煙水茫茫〉、〈和平拱門〉、〈一樹紅白櫻〉、〈自由自在的心〉、〈一朵罌粟花的聯想〉等,後者還是每年國殤日紀念會上的朗誦詩,是第一首、唯一的中文詩。最近他出版了詩集《梅嫁給楓》。

他延續了港澳時期的詩風,對社會上不合情理的現象,大膽揭露,大力鞭撻。像怒目的金剛。

他還寫出了一些與時間、天地融和的詩,如〈四季融合〉、〈楓樹鳥巢〉、〈哥倫比亞冰原〉等,這類他稱為「宇外」的詩,在港澳時期是沒有的。相信是加拿大遼闊、恬靜的大自然孕育出來的。

3.題材廣，用字淺

　　唐詩重抒情，宋詩擴大題材，可敘事、說理。也許韓牧就是看到、又同意了這一點，他的詩一向不避敘事、說理。好像只要稍稍涉及情，就可以寫成詩。所以他的詩題材寬廣、多樣，在新詩人中是罕見的。他看破了，不拘題材，不拘形式，總是分了行，能不用標點就不用。有人認為那不能算是詩，他爭辯說：「能感動我的，我如實寫出我的所見所感，也能感動讀者，就可以了，別人算不算這些是詩，不重要，無所謂。」

　　他個性求全，因而產量很多，步入老年，創作意欲仍如青年、中年時，沒有退減。幾十年來，他從寫單篇短詩，發展到愛寫組詩，再而愛寫長詩，以至後來短詩、組詩、長詩，層出不窮。

　　也許為了讓讀者容易明白，韓詩完全不用僻字僻詞，連較深的字、詞都沒有，更不用典。他常說他詩中所用的字，淺到小學生、小朋友，可以全部讀懂。他遣詞用字很精準。他雖不寫舊體詩詞，卻喜歡欣賞，從中，學到一些技法，也使文筆洗煉。他們那一代人，童年時都會學到文言文，因而，文字乾淨利落、順口、雖不押韻但聲韻或悅耳自然，或與內容相配，是他們那一代人的共同點。他的詩作，能獲日本、香港選入課本作為課文、教材，可見其文字的純淨。

　　韓牧的母語是粵語，他的自我要求很嚴，所寫的詩句，不論用國語、用粵語來讀，都要達到順口悅耳、聲調與內容相配。這有時會是個難以解決的矛盾，兩全其美是有難度的。這點，對創作者以至研究者，都有很大的研究空間。

4.多樣的散文、評論

翻開《韓牧散文選》《剪虹集》《韓牧評論選》和他的電郵書信集，可見他除了多產詩，也多產文。文的種類繁多：抒情的、探索藝術的、描寫人物的、評論詩藝、書藝的、考古發現、遊記、學術論文、書信、演講詞、書籍序跋、雜誌編者按、編後語、史料等。

探索藝術的，寫得最細膩。描寫人物的，最有感情，尤其是寫文友、藝友的，悼亡的，如悼念文友王潔心、藝友舞蹈家郜大琨等是。書信很多。不論短簡長函，都是振筆直書，把自己的思想、感情、心得，傾吐無遺，往往有史料價值。他的坦蕩，曾被論者喻為跳脫衣舞。內容放縱，文字運用卻是嚴謹如詩，描人狀物，歷歷如在目前。

他的評論不愛引經據典，而往往有自己獨特的發現，大有「以我為典」的意味。常帶感情，寫來像書信，像演講詞，像詩，可讀性強，或可稱為「詩樣的評論」。幸好，他的學術論文，還是謹依傳統規範，一點都不隨便。（完）

案：此文初刊於《環球華報》〈海外華文作家巡禮〉，2012年8月17日

略論韓牧的新詩、散文及學術論文

吳宗熙

引言

上世紀80年代初，韓牧以新詩成名於香港、澳門及南洋。出版了詩集7種，屢獲詩獎。1989年移居加拿大，依然多產，出版詩集《新土與前塵》（與勞美玉合集）、《梅嫁給楓》、《愛情元素》、《韓牧詩選》，散文集《韓牧散文選》、《牧人看世界》、《牧人聲聲惜》、《剪虹集：韓牧藝評小品》及《韓牧評論選》。這些年，他多次參加國內及國外的文學研討會，都提交了長篇學術論文。

韓牧作品豐富，本文僅論移加後所作，分新詩、散文及學術論文三部份。短文無法詳論，姑且列出佳作篇名，及節錄小量代表性詩文。

一、新詩

韓牧自香港移居加拿大後，頭十年專心書法的研究、創作和展覽，沒有寫新詩。新世紀開始重執詩筆，迄今寫了新詩600多首，數量驚人，卻不是粗製濫造。除了個別詩作因感情澎湃一瀉千里，都是嚴謹講究的。正如中國學者古遠清所說：「其作品都是精心結構而成。」（古遠清：《外來詩人的「香港經驗」》）

他多產的原因有三：一是由於他的詩觀，抒情之外，敘事、議論都可以入詩。二是他對客觀環境每物細察，每事關心。三是他愛好廣泛，愛大自然、愛藝術、愛交友、愛社會活動，合成了他豐盛

的「詩生活」。韓國學者朴南用說：「他細密地關照日常生活中的詩歌題材，創作了生動的詩歌意象和形象。」（朴南用：〈韓牧詩歌研究〉）

若以題材分類韓詩，他在詩集《新土與前塵》的〈自跋〉中說：「國族、愛情和藝術，仍是終生纏身的三隻冤鬼，不請自來，揮之不去。」可知，這三項是他重要的題材。此外，他還愛寫紀遊詩、寫大自然、個人感悟、以及歷史和社會現實。

停詩筆十年之後，2001年秋，他突然寫出一首長詩力作〈愛情元素〉。節錄一段：「隱然而起一對睡火山／堅挺而富彈性／其下是跌宕有致剛柔難分的丘陵／寬厚有力的高原的中央／有精緻的一個小凹窩／是泉眼／／半裸裙裾重疊著柔情／半透視的雲霞的皺摺／遮住了卻還能看得出／渾圓　滑膩／用視線可以撫摩……又溫熱又滑膩的肌膚／從全裹到全裸／從耳鬢廝磨　到纏綿綣繾／從輾轉反側到不斷重覆的摩擦／那種不相悅時是最大的侮辱／而相悅時是最大的交歡／分不出誰是主動誰是被動／分不出升上仙境還是被置諸死地／極大的痛苦的極大的快感／直欲從　歡／帶著人性直射向神域／那絕命的嚎叫……」

這詩投出後，遭到香港、澳門、南洋的多個詩刊拒登。但來自台灣的前輩名家瘂弦，卻大加讚賞：「此詩顯示出詩人內心的最底層，慾的激發與靈的昇華交替敘寫，非常深刻有力，我極喜歡、佩服。……從來人們寫維納斯總是美呀美的，從來不敢把一個男性對女性的直覺（慾念、獸性等骯髒的部份）寫出來，而你卻寫了。詩中有慾、有靈，交纏、矛盾、鬥爭，最後得到辯證的統一，把慾化為靈，把獸性變成神性，最後體現出被維納斯征服的美。詩人失敗了，維納斯勝利了，而也當然，真正的意味是詩人的詩勝利了。」（瘂弦：〈兩封信〉，韓牧詩集《愛情元素》代序）。愛情詩佳作還有：〈我倆的第五睛〉〈千羽鶴〉〈焗豬排飯和熱鴛鴦〉〈惺忪

與鬆弛〉〈短袖圓領黑底碎花的短衣〉等。

他著意書寫國族，對象卻由中國、華族，轉到加拿大、各族裔來了，雖然也懷念舊家園，但更熱愛新家園，這類題材寫了很多，佳作如〈冬暮〉〈史後的海城〉〈紅裔華裔百年情〉〈一樹紅白櫻〉〈香柏樹〉〈海上孤鷗〉〈我的海角〉〈冒起的本土〉〈一朵罌粟花的聯想〉等，後者是每年加拿大國殤日紀念會上唯一的中文朗誦詩。

觀賞藝術品的感受，他寫了不少。佳作如〈鋒利而沉默的永恆〉〈劉娜獨舞〉〈五翅蝶依然〉〈艾米莉‧卡的原始林〉〈綠釉陶罐〉〈永恆的背面是青春的祈禱〉等。

每次外遊，他都寫了紀遊詩。佳作如〈非武裝地帶〉〈海上餐桌攀談〉〈另眼看台灣〉〈另眼看香港〉〈另眼看澳門〉〈歐遊短章〉〈台北兩天自由行〉〈慶州十九首〉〈首爾十九首〉〈陪學者們遊溫島〉〈洛磯十九首〉〈泰國寫生二十四片〉〈那土黃色的蝴蝶〉〈加勒比海追憶〉等。

他對大自然，天文、山川、植物，也是觀察細膩，有感於心的。有佳作〈河灘寂靜〉〈秋到至深處〉〈蜻蜓之上煙花之後的遠星〉〈第一櫻〉〈哥倫比亞冰原〉〈大峽谷〉〈冰川之死生〉〈第一櫻之死〉等。

個人感悟方面，有〈自由自在的心〉〈當下的木香〉〈四季融合〉〈全人類的頭髮都是白的〉〈門前的萱草花〉〈手錶‧相機‧襯衫〉〈此生的得與失〉〈我的年輪〉等。

他對歷史很有興趣，寫出〈煙水茫茫〉〈和平拱門〉〈飄揚的旗與呆立的幡〉〈河西走廊探古〉〈黃虎旗〉等佳作。

他一直提倡加拿大人寫加拿大現實，自己身體力行，尤其多寫社會現實。有讚美，有批判，盡公民責任。有佳作〈Hello消失〉〈最宜居住的城市〉〈自家風味的葡萄〉〈詩意的溫哥華「冬

奧」〉〈新型殖民地〉〈答客問：為甚麼還要寫詩？〉〈2016年加拿大的「政治正確」〉等。

二、散文

　　韓牧散文題材也是多樣的。論者曾說：「他除了多產詩，也多產文。文的種類繁多：抒情的、探索藝術的、描寫人物的、評論詩藝、書藝的、考古發現、遊記、學術論文、書信、演講詞、書籍序跋、雜誌編者按、編後語、史料等。探索藝術的，寫得最細膩。描寫人物的，最有感情，尤其是寫文友、藝友的，悼亡的，如悼念文友王潔心、藝友舞蹈家郭大琨等是。」（香港作家吳宗熙：〈韓牧詩文藝術特點初探〉）。他近年還寫了悼念文友舒巷城、藝友謝琰、文藝前輩麥冬青的文章，都流露出深摯的感情。韓牧散文中的悼亡文章，是特別值得注意的。

　　韓牧的散文，文字清簡，他性格求全，這兩個特點，加拿大作家汪文勤看出來了：「為文，他簡約，清純，能用一、二字說明白的，不用三、四字，能用短句子說生動的，不要長句子。可以用小塊文章寫人狀物的，不寫大部頭。他在文字把握上的精準，那一書的字兒詞兒，沒有不乖的。處處在在都留下了韓牧先生對生命中的真、善、美的追求、發現和描述。他沒有遺漏任何一個好景致不指點給我們看；他也不曾隱藏生命中任何一個事件不向我們報告。」（汪文勤〈牧者無疆：《韓牧散文選》讀後〉）

　　泰國學者范軍評韓牧的散文，說是真誠、自然。他說：「韓牧先生的散文真誠、自然，修養學問自胸臆中流出，文字考究而不造作，行文一任天真自然。所以當得起這「自然」二字。」（范軍：〈「俱道適往，著手成春」──韓牧散文藝術管窺〉）。現錄韓文兩節以證：

家姐移民澳洲，到機場送機，其實已目送她在人潮中入了閘了，我竟然能再見到「她」，是看了另一個陌生人的背影而誤以為是她。當時五妹也即將移民加拿大，我忽然感到手足情深，在詩中說：「別離原來也是一種死」，又說：「家姐是我一出生她就認識我，妹妹是她一出生我就認識她，而又住在一起的人。」（韓牧：〈手足情〉）

詩根本就是高層次的，李杜的詩，也主要在文人學者的高層次上流傳。「陽春白雪知音寡」，高層次的文學藝術只能是「小眾」。即使是書法藝術，也不能大眾化，除非只強調技術，取消其藝術創造和文學要求，才可以像乒乓球一樣大眾化。（韓牧：〈為香港新詩辯護〉）

十多年來，韓牧幾乎天天寫信，一般在千字上下，因而書信極多，比一般散文更為坦率，一如不怕得罪人的史筆，常有史料價值。如：〈聖哲不出書〉〈詩人的婚前戀〉〈團聚的願望〉〈寫「絕密」的原因〉〈風光背後的陰暗〉〈換軌道‧傷和氣〉等。

三、學術論文

韓牧鑒於許多華裔作家，雖已入籍，但對加拿大沒有歸屬感，更沒有忠誠。對新家園不去認識，更不去書寫。韓牧積極參加「加華作協」的幾次華人文學國際研討會，以及2016年在韓國的兩次，2017年在泰國的一次，都提交了長篇論文，主要探討移民的身份、立場，有一個重要的主題，是提倡加拿大作家認識新家園，書寫加拿大。（完）

案：此文初刊於《心聲》雜誌〈加拿大華裔作家巡禮：韓牧專輯〉，2019.1.18.

韩牧诗歌研究

韩国外国语大学　朴南用

中文摘要

　　本论文对在加拿大华文文学上占据重要地位的华文作家韩牧先生的诗歌世界进行研究。本论文的主要内容如下：首先，分析早期诗歌创作上的自然，艺术和爱情之间的关系。其次，分析他的诗歌世界中的国族和离散的情感和诗歌表现，最后，分析在加拿大华文文学上的诗歌地位和意义。通过这样的研究，我们可以理解加拿大华文文学的整体面貌和加拿大华裔作家韩牧诗歌的意义。

关键词
韩牧、加拿大华文文学、华裔作家、自然、故乡、 国族、离散、少数（minority）

在加拿大华文文学上的诗歌史，诗人韩牧先生是一位占据重要地位的著名诗人。韩牧，本名何思捣，一九三八年生于澳门，澳门大学文学硕士，"澳门新诗月会"创办人，一九八四年春，提出"澳门文学"概念。一九八九年移加后，任"加华作协"理事至今，同时是加拿大多个艺术家团体之会员。著有诗集《铅印的诗稿》、《回魂夜》、《伶仃洋》、《待放的古莲花——韩牧澳门诗选》、《梅嫁给枫》等十余种。在他的诗歌创作方面，他主要是从人生历程来进行诗歌体验和思考体验。从他的诗歌历程看来，可分为几个分段：在澳门时诗歌创作初期，在香港时诗歌创作中期，在加拿大时诗歌创作后期等。在这样的诗歌创作历程上，值得注意的是，每个创作段阶发生了新的诗歌变化和思想感情变化。他的初期诗歌，主要出现自然，艺术和爱情世界之间的关系，以中国南方的自然风景为诗歌题材，表现着诗人的内心世界和外部客观事物意象的调和与结合。他的中期诗歌，出现了以香港和新加坡等地为主的都市风景和内面关照的创作。一九八九年移居加拿大温哥华，在他的创作世界上，显出以加拿大华人华文作家的国族认同和离散经验，一边是思念家族和故乡的诗歌世界，一边是通过自己在加拿大的移民和异国旅行者身份，表现了移民社会上的多种多样的文化冲突和文化纠葛。他现在用中文写诗歌，用伊妹儿，电子邮件常联络各地的知人、朋友、诗友、文友、学者，广泛交流，给我们提供了加拿大华人华文文学作家协会的诗歌创作和各种活动。在此，本文以他从初期到后期的诗歌创作和人生历程为中心，对其诗歌创作世界进行研究。通过这样的研究，分析他在加拿大华人华文文学上的地位和意义。

一、初期诗歌上的诗歌意象

诗人韩牧先生是一位定礎澳门文学的重要诗人。他一九三八年

出生于澳门，获得澳门大学硕士学位，一九六九年七月出版了他写的初诗集《铅印的诗稿》（纵横出版社，1969），自序说：谨以 / 我的第一本诗稿集 / 献给 / 一年半来 / 所有曾经关怀过 / 我的学诗生活的 / 老师们 / 朋友们。他的诗集包括第一辑太阳 22 首，第二辑月亮 20 首，第三辑星星 22 首等总 64 首。这些诗歌主要表现太阳、月亮、星星等自然客观事物和作者内面的风景。韩牧 1984 年 3 月在港澳作家座谈会上发言《建立〈澳门文学〉的形象》这一篇文章，首次提出〈澳门文学〉这一概念，给澳门文化界很大冲击。在这里说："澳门华人没有〈澳门音乐〉，但有〈澳门文学〉却一直无人提出，未被承认。八十年代初，大陆有〈台湾、香港暨海外华文文学研讨会〉，隐然澳门附属香港，仿似加拿大文学依附美国。五、六十年代我学习写作开始，就注意南洋的华文文学，深感独立性与地方色彩的重要。"他在八九年移加拿大，"文学团体相续成立，书刊大量出版，一片繁荣，海内外刮目相看，都是我始料未及的。"从这样的情况看来，为了建立澳门文学界，提供了很大的贡献和影响。

在韩牧的初期诗歌上，主要表现着自然风景和内心世界之间的意象和意境世界。他的创作初期唱出年轻人的热情和激情，提出对世界的自己理解和自己关照。诗集上的第一诗歌《相同的歌》里说："我们从不相识 / 今天 / 坐到一隻小船上了 / 我还不知道你的名字 / 相同的歌 / 把我们连起"，《祖国，我向你倾诉》上说："你静坐，如一朵睡莲。／／你站起，／如一尊石像。／／你走，你跑，／如侠士，／腹上怀书，腰间佩剑，／袴下骏马疾飞……"，《真理》里说："真理 / 像慷慨的太阳 / 只要我们不再躲避 / 只要我们赤裸胸怀 / 马上领受到 / 热和光"，《英雄树》里说："手，千百隻亿万隻在黑暗处，／抚慰着泪湿的故乡的泥土，／慢慢伸张，慢慢伸张，／潜过了高墙，又潜过了铁网，／和兄弟们的手，

紧紧握上。"当时，对诗人的生活面貌，我们可以推见，他在《我的生活》说："我的生活／像一隻船／在海洋中航行／不管那暖和的风／是轻微　还是清劲／也不管它从那里吹来／向那里去"他的初期诗歌上常常出现有关水和海洋、船、风、太阳等的诗歌意象，借此，我们可以知道他的内面心理上的自由理想和年轻热情。

这样的诗歌创作倾向，在以后的创作世界中继续出现。他的诗集中的题目都是和水有关的，例如：《急水门》、《分流角》、《伶仃洋》等。这种有关水的诗集和诗歌很多，其中的理由因为是他出生的澳门比较和海洋近，和珠江比较近。在地理上，澳门和台湾、香港、新加坡的都市文化和文化风景比较相似，所以，我觉得在他的诗歌意象上的水和风当然是海洋指向性，基本上他的心理上不得不出现种种多样的移动的、不安定的、流亡的意象。华文文学专家古远清先生曾经说："属澳门'离岸诗人'的韩牧，不断以自己的创作和呼吁建立"澳门文学形象"的活动回馈澳门，对其出生地流露出深厚的感情。"

在韩牧初期诗歌里，可以容易地找到有关澳门地理文化和文化遗产的诗歌，他写的《致珠江》里这样道："在这西太平洋的边缘／我的小舟起伏在你的脉搏上／／（省略）／／待海燕南飞我把帆儿升起／用吻过你的北风做一面旗"。在《澳门杂诗·东望洋灯塔》上写："你是第一只停驻远东的／独眼的夜枭／瞪视了长达几百年的一夜／是应当退休了"，又在《澳门杂诗·教堂教堂》上写："占领每一个山顶和高岗的／不是炮台就是教堂／／除了炮你的钟最响／炮是肉体对肉体的命令／钟声是一种悦耳的／神的命令／／总有一个十字架立在顶端／象半出鞘的利剑那十字／是落了帆的桅杆／一个舰队抛锚在松涛上／旗舰呢已毁于火／留下一个巍巍乎又危危乎的／大三巴牌坊"此外，以妈祖阁、街牌、筷子基关闸门等为诗歌题材，表现了对澳门的地理文化遗产的诗人心理和情感。

二、以台湾、香港为题材的诗歌创作和意象世界

　　他在台湾、香港、新加坡的生活和旅游经历，给他的创作世界提供了新的脚步和独特的世界经验。古远清先生又说："韩牧从濠江到珠江，从香江到长江，寻找一片精神净土。他不是哲学型诗人，其作品都是精心结构而成。……他先是离开澳门，前往香港，然后远赴枫叶之国。他不断跨越不同的边界，始终不忘自己是爱诗的人，是数千年神州黄土哺育成长起来的诗人。"韩牧的第二诗集《急水门》是一本以他的旅游体验和自然风景、日常生活为背景的诗歌创作，在这里，以旅游为题材的是《尼泊尔之行》（Nepal）、《过台北机场》、《过伶仃洋》、《锦田行》（香港新界）等作品，以自然和日常生活为题材的是《市声》、《店之辑》、《生活诗记》、《植物的寓言》、《菜市场中》等作品。韩牧在《急水门·跋》上说过："急水门在珠江口东侧，是香港往内地最重要的水道"，"《急水门》是《分流角》的姊妹，这双姊妹是孪生的，在母亲眼中，长幼，美丑，都是难分伯仲，因此也就得到母亲同样的怜爱。"

　　他的旅游题材诗歌中的意象表现对自然的欣赏和感叹，例如："我大叫／我居然找到了珠穆朗玛峭拔的峰尖／怎能不兴奋啊／满腔云南满眼西藏"（《遥望珠穆朗玛峰》）。"我又浮过／七百年前民族英雄叹伶仃的伶仃洋／／……／／我又浮过／七百年前民族英雄叹伶仃的珠江口／我永不会伶仃／我是珠江的小孙子／我又是地球上所有河流的养子"（《过伶仃洋》），他一边说七百年前的爱民族、爱家庭、爱自己等，一边说现代祖国的意义。他在《过台北机场》上说："我要在机场商店找一只陶杯／带回家里去（在那里／祖国的名字有时竟然是／神圣而又难以启齿）／每天扭开水喉捧

一杯东江水 / / 水也许是乘东风飘过海峡的 / 一朵阿里山的云 / 是日月潭面那一层溶溶的翡翠 / 是哺养着五千岁原始森林的 / 一条尚未发现的山涧"。此外，还有日常生活中的种种情感和感受，他表现市场上的行人、报摊、庙前广场、洗衣店、菜市场等意象，通过这些诗歌可以看到韩牧诗人的创作世界和创作方法。他细密地关照平常日常生活中的诗歌题材，创作了生动的诗歌意象和形象。

韩牧的诗歌世界当然有与澳门等地以外的香港和新加坡等地在文学和文化风土上的互相关联性。所以他的诗歌创作常常显出有关香港和新加坡的地名、历史、街道、名胜古迹等，让诗人的诗歌世界丰富起来。在他写的《我是住在弥敦道的》（1977年冬）上说："假如你问我住在哪里 / 我一定隆重其事的回答 / "我是住弥敦道的" / / 弥敦是一个香港总督的姓 / 弥敦道是一条最最繁盛的街道 / 又宽又直又长 / 自北而南从山边到海边"，又在《等待你命名》（1977年秋，九龙）上说："说是西半球有一只紫燕 / 作一次茫茫的远征 / 从黑夜起飞 / 向黑夜向黑夜的中心 / …… / / 我是一星飘荡的微尘 / 偶然显现在阳光投入的窗口 / 没有重量 / 没有方向 / 找不到自己的圆心 / / 我要向全世界宣布 / 宣布之前首先向你透露 / 一种全新的感情 / 已经诞生 / 一种全新的感情已经诞生 / 等待你命名"。七十年代末，中国大陆的政治情况很混乱，这当时的诗人的内面心理状态可以看到是黑暗的、黑夜的、忧郁的。韩牧在《急水门·跋》上说过："记得一九七三年中也曾将一九六九年以后写的选编成一册，也是六十多首，觉得其中大部份是以黑夜为背景的，就定名为《流星雨》，准备交友人出版。"

八十年代初，韩牧在香港创作的作品越来越多，例如，主要代表作品有《独吟三首》（1981年冬）、《追寻杜甫》、《华南虎》（1982年）等诗歌。在这些诗歌中，表现在香港的感情和感受。在《独吟三首·窗》唱到"千山万壑围绕着的 / 海内有铁窗 /

/ 山壑以外 / 海浪以外 / 海外有民主的橱窗"，又在《华南虎》中写"我 / 无所栖身无所遁形一头华南虎 / / …… / / 森林凋落 / 我不是属于貓科的 / 一头华南虎"在这里，他把自己比喻都市中的一头孤独的华南虎。在这里，值得注意的作品是《追寻杜甫》这一组诗，此诗分六章：在香港、在湘江、在草堂、在长安、在洛阳、在鞏县。在《追寻杜甫·在香港》中唱到："閤倦眼于倦舟上 / 流荡在一千二百年前 / 负天下的优乱你身成土 / / 泥土复活化回你的骨肉 / 你被贬到那一个地摊 / 在铁路那一端 / / 人民币一块半就赎你回家 / 一个脆弱的婴儿我抱起 / 一尊哺育着我的沉郁雄健 / / 算是逃避过了一次尸姦 / 三年了你不倦地立我书桌 / 不望中原听我唸你的诗歌 / / 这新潮的海角有奇古的方言 / 藏在我唇舌间你重新听到 / 失散了的唐音 / 放你入二十世纪的瓷盘 / 用自来水给你冲去 / 六十年代的灰尘 / / 十指何幸抚你濡湿的全身 / 献一簾春晖 / 献阵阵海风"（全文）这首诗，通过唐朝的大诗人杜甫，参透着一个游子韩牧的苦苦求索的心路历程。他的诗歌中反映着杜甫对社会现实的批判和对爱国爱民的爱情，杜甫在他的心目中，杜甫可以说是使他的诗歌指向的诗歌理想。

三、在加拿大温哥华的诗歌创作和意象世界

一九八三年，韩牧出版第四诗集《回魂夜》。这本诗集是诗人韩牧写给亡妻的一首一千五百行的长诗，此诗写于"回魂夜"，是诗人缅怀亡妻的魂灵。妻子的名字叫沈艾获，在医生签发的《死因证明书》上，"沈艾获，年33, 1979 年 10 月 28 日上午 6 时 25 分殁。胰腺癌；自开始至死亡，历时 3 个月。"他在这里写："忽然我觉得 / 你越难看你越难闻你越难听 / 你越神志不清你越不像人形 / 你就越是我的妻子啊你越是我的妻子 / …… / 你的衣服还在我们的衣橱

里和衣箱里／太多了你的衣服太多了／不是你奢侈浪费而是你对物质的珍惜／破破烂烂不能穿了也舍不得掉去／还有破背囊破泳衣破风衣破雪衣"通过这样的亡妻诗，可以看到他的感情和伤心。对于这首诗，很多的诗人和批评家曾经提出这样的见解："他的长诗《回魂夜》，与其中的深情，令人感动。掩卷之后，我心里也久久不能平静。"（舒巷城语）"这首诗从头到尾是作者写给他亡妻的"阴间书简"，情思细腻，一气呵成。"（原甸语），"这是诗，也是心头滴下的血！"（陈浩泉语），"这是诗人感情的狂草，也不能不是诗人造诣的狂草。"（陈不讳语）如此，他经历了亡妻的事，在诗歌创作上比以前更成熟、更进步。

　　一九八九年末来自香港移居加拿大温哥华至今，停止了新诗创作，直到二〇〇一年重新写诗，二〇一二年出版了诗集《梅嫁给枫》。这本诗集和另外诗集《爱情元素》是姊妹诗集，分别在台湾和加拿大出版。这本诗集《爱情元素》的内容分成五辑：情缘、宇外、艺感、浮游、貓悼等。从此以来，他的诗歌创作世界渐渐变化，一边表出对爱情、自然、哲学、艺术方面的感受和心得，一边显出从试图超越国族、社会等的身份认同到外游时所见所感等。这样的诗歌创作倾向的变化，一直延续到了诗集《梅嫁给枫》。这本诗集的构成方式比较独特，编成方式表现为：上篇嫁接、下篇最痛等两个方式。这也是依写作先后为序。从这本诗集，韩牧先生的创作世界开始变化，那就是因在加拿大的生活而得到的，超越国族、社会的移民世界和在加拿大多元文化的感受。他在《梅嫁给枫》的自序《十年诗》中说："我觉得，我们这些移民，相当于从娘家中国嫁到夫家加拿大。一旦宣誓入籍，就成了'华裔加拿大人'。民族变不了；国籍却改变了，身份特殊，心态也是特殊的。"又说："华裔带来原有的、特有的中华文化。中华文化因其深厚，多糟粕，我们必须努力废弃；中华文化因其深厚，也多精粹，我们必须

尽量发扬，使之融入加拿大，成为年轻的'加拿大文化'的一部份。好在，加拿大是以多元文化为国策的国家；迄今，独步于世界上。"按照他的这样的观点，在他的诗作中，他自己成为加拿大社会中的少数者和移民者，可以容易找到超越国族、社会的加拿大多元文化的身份认同。请看一下下面的几首诗。

"来自中国南方的水乡／习惯了家乡的烟具：／大竹筒／／隔一个渺渺的太平洋／严寒的加拿大／没有竹子成长"（《烟水茫茫·铜竹筒》）"一百年前／它保护过某一个中国人／抵挡／加拿大的雨和雪／／一百年后的今天／一个加拿大的玻璃橱／保护着／这一袭中国的毛羽"（《烟水茫茫·蓑衣》2001年7月）

以上的诗歌，表现在加拿大博物馆见先侨遗物的感受和加拿大移民的思念故乡的心思。可是，在加拿大社会现实上，不得不选择加拿大公民的身份。"我一个加拿大公民／走进这／世界最大的界石的中心／北纬四十九度线在左肩到右肩"（《和平拱门》2001年）那么，他觉得加拿大如何？他认为"善终之地"，唱到"从出生到中年我俩／置身彼岸一个小半岛一个小岛……／妻说：那边正是殡仪馆／我说：这里正是我俩善终之地"（《善终之地》2001年）而且，他觉得加拿大"是容纳异见互相尊重／认同高尚理念／认同多元文化／发自内心的感情"（《爱国感情》2002年）他继续说："脚下是加拿大的桥梁／头上是加拿大的青天"（《贝克峰》2002年）由此可见，这时期，在他的诗歌作品中可以看到在加拿大的异国生活和情感及对祖国和故乡的相思。

最后，还有在他的诗歌创作上的异国语言和异国文化体验。亚洲人到加拿大去的时候，他们觉得加拿大是一个理想乡的国家，加拿大带有很美丽的自然风光、比较少的人口、安定的生活高平、对他文化的宽带的多元文化、没有人种偏见的国家等基本认识。可是，这个也是建立在有钱的、有文化的、有学历、没有语言问题的

基础之上的。所以，在诗人韩牧的作品世界中也有这种问题，例如：语言方面上有中文和英文使用问题。"十年前也是在这海堤上／与迎面而来的／欧裔人士相遇／／总是互相争取主动般／第一时间／向对方微笑说：HELLO／同样在十年前／如果迎面而来的／是华裔同胞／／我会侧头而过／因为我试过许多次／HELLO却得不到回应"（《HELLO 消失》2002 年）依照 HELLO 这一英文的使用频度，这首诗表现华裔移民社会的一段面，反映加拿大移民社会的变化面貌。而且，在加拿大移民社会上还有人种问题，他在《全人类的头发都是白的》2008 年）中说："当我出生时／我的头发是黑的／／……／／当我老迈时／我的头发是白的／／当你们老迈时／你们的头发和我一样／都是白的／／原来／全人类的头发都是白的"这首诗相当幽默的，可是使我们感到深深的感动。他的尽管如此，很多的加拿大华裔可以找到形成华人街、渐渐同化了现地社会的移民社会情况。而且，在加拿大社会中，亚洲人可称为非主流、少数者，所以，他们和印第安原住民文化有很密切的关系。他表现对原住民、印第安人的同情和友谊。他在《红裔华裔百年情·酋长的歌声》2008 年）中说："红黑的皮肤／坚厚挺直的鼻梁／魁伟一头白发／背脊垂一条花白的长辫子／印第安酋长的典型"，在《狼图腾》中说："在 Cheam 部族的会堂／墙上绘画了两个巨大的／红黑两色的图腾／鲸和狼"，又在《听混血儿口述》中说："这一个 Stolo 部族／其中有三分之一的族人／具有华人血统／／……／／听着听着我也茫茫然／太平洋那边的赤道上／有黑色的土著／一时间我迷失在／我自己的血统的迷雾中"如此，韩牧的诗歌，表现了对印第安和少数民族文化的关心和友谊，可以说是他在后期创作上的新的变化。

四、结语

　　以上，探讨了在加拿大华文文学上占据重要地位的华文作家韩牧先生的诗歌世界。韩牧先生出生和成长于澳门，一九八九年移居加拿大，加入加拿大华裔作家协会，迄今，从事诗歌创作。通过这篇文章，第一次可以看到韩牧先生的主要创作诗集和创作倾向，主要分析了他的诗歌中的诗歌源泉和意象世界，首先，分析了早期在澳门诗歌创作上的自然，艺术和爱情之间的关系。其次，分析了在台湾、香港诗歌创作世界中的情感和诗歌表现，最后，分析在加拿大华文文学上的超越国族、社会、离散经验的诗歌世界和在加拿大生活中的语言、印第安和原住民等少数民族、多元文化等的诗歌世界。按照他的创作时间和空间顺序，他的主要诗歌意象，从水、海的意象到红色、白色等色彩意象，诗歌世界渐渐发生了变化，表现了加拿大温哥华、烈治文等地的异国文化和异国风景、以及对祖国和故乡的思念之情。总之，韩牧先生的这种诗歌创作世界，在加拿大华人华文文学上占据很重要的地位和意义。由此可见，我们可以理解加拿大华文文学的整体面貌和加拿大华裔作家韩牧诗歌的意义。

参考文献

韩牧著，《铅印的诗集》，纵横出版社，1969

韩牧著，《急水门》，新加坡：万里书屋，1979

韩牧著，《分流角》，华南图书文化中心，1982

韩牧著，《回魂夜》，华南图书文化中心，1983

韩牧著，《伶仃洋》，澳门东亚大学中文学会，1985

韩牧著，《待放的古莲花——韩牧澳门诗选》，澳门五月诗社，1997

韩牧劳美玉著，《新土与前尘》，加拿大华裔作家协会，2004

韩牧著，《剪虹集——韩牧艺术小品》，红出版，2006

韩牧著，《梅嫁给枫》，加拿大华裔作家协会，2012

　　案：此文，是多倫多約克大學2017.7.19-22《回顧與展望：加拿大華文文學和媒體國際學術研討會》論文。

「俱道適往，著手成春」
——韓牧散文藝術管窺

范軍

泰國華僑崇聖大學　中國語言文化學院

（第 10 屆華人文學國際研討會 2017）

論文提要

"俱到適往，著手成春。"是司空圖《二十四詩品》中寫"自然"的詩句。韓牧的散文真誠、自然，修養學問自胸臆中流出，文字考究而不造作，行文一任天真自然。所以當得起這"自然"二字。

散文的特點就是沒有遮攔，與小說不同，散文作者自己站在前台，而不是躲在故事、人物的背後，所以作者的人格修養和藝術修為最是一覽無余。韓牧的散文涉獵廣泛，從花鳥蟲魚到山水風物，自人情世態至談文論藝，任何題材皆可以著手成春，由此也可以見出他的讀書多與見聞廣。散文若意象繁密、情感濃郁及節奏緊湊則近乎詩，或名之曰"散文詩"，反之則更具散文之當行本色，仿佛藝術散步，散淡爛漫，紆徐從容。韓牧的散文兼具此兩種風格。

論文就韓牧散文的語言形式和思想內容兩方面分析了韓牧散文創作藝術的特點與成就。

關鍵詞：韓牧，散文，自然，表現技巧，真誠。

結識韓牧先生是在韓國慶州，2016年秋，有幸參加在韓國慶州舉辦的第十八屆韓中教育文化論壇，在首爾赴慶州的旅途中，在一家韓式傳統餐館用中飯時與先生偶然坐在一起，席間介紹相識。其情其景，在韓牧先生的詩作《聯合國午餐》中有幽默風趣的描寫。在繼續行程中的大巴上先生許我陪坐，不顧旅途勞頓，傾談數十年的文學、書法創作的歷程、心得。抵達慶州酒店后，先生又贈我他與夫人勞美玉合著的詩集《新土與前塵》，真是令我感動甚至有點受寵若驚，心中慨歎於先生待人的一片赤誠。

　　這赤誠也是先生詩文創作最重要的特點之一，這特點也是激發我萌生研讀先生文學作品的初心。承蒙先生返回溫哥華之後惠寄幾乎所有的文學作品予我，使我有機會得以一窺其文學創作的全貌。先生以詩人著稱，詩歌創作數量大，成就高，我在此前幾個月的閱讀中收穫頗多。本論文則著眼於韓牧先生的散文創作。

　　在我看來，散文是最個人化的文體，詩歌、小說、戲劇幾乎都可以代人立言，作者可以躲到小说、戏剧故事和人物的背后，或者模拟別人的口吻（如诗词中的代拟体），而散文除了傳記類敘事性的散文，幾乎皆是作者站到前台，毫無遮攔地表達自身的思想見識、襟抱情懷甚至展露非常個人化的生活世界的。因而一個真誠的作家，往往能夠透過他的散文而窺見他的人格修養和學識見地的。先生曾言：「如果從書法看不出人品，正如從言談舉止看不出人品，相當於偵探、檢察官的本領低於盜賊。」[1]我相信，書法如此，散文更是如此。所以，閱讀一個作家的散文是了解他的一條捷徑，而我對韓牧先生文學創作的研究，也偷懶走了這條捷徑。

　　韓牧先生的散文結集成書的，據我所了解，大約有五部《剪虹集——韓牧藝評小品》《韓牧評論選》《韓牧散文選》《「牧人」看世界》《「牧人」聲聲惜》等。全部文字加在一起應該在百萬字以上，集外還應有不少作品，所以創作量也可稱是相當可觀的。這

些作品題材廣泛，內容豐富，不僅包括文學性較強的抒情散文。這些散文從花鳥蟲魚到山水風物，自人情世態至談文論藝，無論何種題材、體式，都自然「俱道適往」，無論抒情言志、品評人事、衡文論藝皆可以「著手成春」。

「俯拾皆是，不取諸鄰。俱到適往，著手成春。如逢花開，如瞻歲新，真與不奪，強得易貧。幽人空山，過雨采蘋，薄言情悟，悠悠天鈞。」[2]是司空圖《二十四詩品》中描寫「自然」的詩句。意思是說，因為生活之美俯拾皆是，寫作題材豐富充盈，所以并不需要旁逸斜出，去尋找奇異題材。文墨順著情理，下筆自然著手成春。作品如花兒自然適時開放，亦如四季輪替一般自然而然。在生活中自然得到的領悟是不容易被人奪去的，而勉強堆砌材料而成的文字則顯得蒼白無力。如同雅士自然會幽居於空山，雨後自然便於采蘋，即此體悟到自然真義，如同天體運行般悠然永恆。

韓牧先生的散文真誠、自然，修養學問自胸臆中流出，文字考究而不造作，行文一任天真自然。所以當得起這「自然」二字。

一

散文是個包容極廣、彈性極大的文體，內容似乎可以無所不包。英國文學專家王佐良先生在《英國散文的流變》一書中歸納散文可有兩義：「1.所有不屬於韻文的作品都是散文，這是廣義；2.專指文學性散文，如小品文之類，這是狹義。我是傾向於廣義的，也難說有多少科學根據，只是感到如果範圍廣些，更易看出散文的各種表現，而且廣狹兩義的散文都需要達到某些共同要求」[3]。王先生指出，這所謂的「共同的要求」包括「達」和「雅」兩個方面，「達」也就是須把內容說清楚；「雅」則是指形成提高整體散文質量的文風。這「達」和「雅」兩個方面，都與文學強調

語言表現技巧有關。散文之所以具有文學性，根本在於比一般應用文字更注重語言文字的表達，正如《左傳》記錄的孔子的名言：「仲尼曰：《志》有之：『言以足志，文以足言。』不言，誰知其志？言之不文，行而不遠。」[4]

日本學者吉川幸次郎在《中國文學之我見》一文中對中國文學曾有這樣的總結：「重視非虛構素材和特別重視語言表現技巧可以說是中國文學史的兩大特長。」「把文學的（包括散文）表現技巧放在首位，表現了中國文學比其它文明地域更強地意識到文學首先必須是一種高層次的語言表現技巧。」[5]

韓牧先生的散文自然之美，也首先表現在語言文字之上。先生散文語言相當用心考究，精緻簡潔，但卻是自然不落斧鑿痕跡的。韓牧先生在《某一程度的技巧》中專門討論過文藝創作情感與技巧的問題：

> 用刻骨銘心的感情去創作，感動了欣賞者，就體現了至純至高的藝術。
>
> 藝術需要技巧，於是有人強調技巧。我這裡強調感情，不是說光有感情便可。事實上，還要有「某一程度」的技巧。
>
> 所謂「某一程度」，人人不同，時時不同。意指足以表達作者所欲表達的思想感情的技巧高度。……
>
> 技巧為表達思想感情而設，但技巧到達相應的「某一程度」時，就會被感情豐富的作者以至欣賞者拋棄。渡河用筏，既渡，不棄筏也難以登岸。[6]

在文中，雖然韓牧先生首先強調感情真摯，可是他仍然堅持文學寫作不能不具有「某一程度」的技巧，因為這是寫作是否具有文學性的必要條件。當然，就寫作水平高、技巧熟練的作家而言，如

何保持敏銳的心靈和真誠的情感則或許更加重要，正如韓牧先生所說，技巧是寫作的渡河之筏，達到目的地就可以舍筏登岸了。

　　韓牧先生早期一些比較純粹的抒情散文多為描寫花鳥蟲魚、樹鳥花果，文字已經十分成熟講究。如他寫的《鴿子與燕子》。儘管這篇文章篇幅很小，可是作者還是用大段細膩的文字描寫飛翔的鴿群，可謂疏密得當：

> 一圈圈繞著方方的大廈，起伏如波浪。轉角時，猶疑，變慢，而拍翼的頻率反而是變快的。突然，停翼，繞大廈而滑翔。或者改變方向，左轉，右轉，或高，或低，鴿群總是那麼一致，又總是看不出哪一隻在帶頭。一轉向，外圈就變成內圈，可以稍稍停息，而內圈的就變成外圈，非加速拍翼不可了。有時，突然減速，群翼亂拍在陽光中，如升盡之後墜落的，閃閃爍爍的煙花。[6](4)

　　這段描寫鴿群飛舞的文字，多用短句，文字簡潔準確，細緻入微，最後一句，比喻新穎，意境迷蒙，顯得詩情裊裊，餘韻悠長。

　　《水珠少女》寫浴室水汽凝成的三點水珠在作者眼中幻化成一位美麗的少女：

> 整道玻璃門佈滿小水珠。她，是其中的三點形成。這三點水珠所佔面積只及我的小指尖大小，比一粒黃豆稍大。巧在這三點水珠的大小、形態、相互距離，配合起來使她有眉目、口鼻。是周圍一些小水珠圍成她的頭形的輪廓。我細看，這少女在十八九間，皮膚白，性格內向，雙眼凝視右下方，無可奈何的樣子。五官立體，雙眼有神，細看是浴室窗口的戶外光所致。……就這麼三點水珠，加上光線，性別、年齡、

膚色、性格、表情、眼神，歷歷如真。想來，高明的漫畫家
的一兩點、三兩筆，那些極度精煉的筆觸，也可以達到這種
效果。[6](23)

　　這種由於水珠或者水漬激發人的想象，在頭腦中形成人物、山
水等等形象的經歷，我想很多人都或許有過，但是「能感之」未必
「能寫之」，而作者不但感受敏銳，觀察入微，而且用清晰、精煉
的文字把眼中、心中模糊、曖昧的形象傳神地型塑出來，并且還點
明了幾滴水珠之所以能夠讓人在頭腦中完型成一幅圖畫，與漫畫家
聊聊數筆即可以傳神地畫出一人像、物象是同一個道理。這最後一
筆的畫龍點睛，將水珠少女的成因也說清楚了，因而精彩非常。

二

　　韓牧先生雖然自小生長在港澳，中年移民加拿大，但是散文的
語言文字並沒有詰屈聱牙的歐式句型，習用短句，簡潔精煉，句式
自然靈動，注重行文節奏。這些優點，一則來自於先生童年的中文
教育，在談到自己的童年課本時，作者說，「那時的課文，遣詞造
句都很簡潔精煉，聲韻、節奏都很動聽。現在看來，影響了我們
三十年代出生的一代人的文風。我常常慶幸自己出生逢時，避過了
西化的拖泥帶水。」[6](29)另外一個方面的原因則在於韓牧先生原
本是一位詩人，自然非常注意語言精練以及句式和節奏自然流利。
這些詩歌寫作的良好習慣與經驗，體現在散文寫作上也是自然而然
的事情。

　　散文若意象繁密、情感濃郁及節奏緊湊則近乎詩，或名之曰
"散文詩"，反之則更具散文之當行本色，仿佛藝術散步，散淡爛
漫，紆徐從容。韓牧的散文語言兼具此兩種風格。散文的語言因而

大約也就有著「緊與鬆」、「疏與密」等對立的兩種。《韓牧散文選》和《剪虹集》中的文字大多屬於意象密、節奏緊湊、行文雅潔的風格，如《野花》一文：

> 在香港時，我住處有一個窗台和一個天台，有幾十盆從郊野移民來的野花野草：梔子、杜鵑、菖蒲、番荔枝、石蓮子、酢醬草等。去冬來加前，因無人承受，我只能淋水到最後一天，新的屋主若是正常的人，一定不會愛惜這些不起眼的野東西。[6](18)

再如《台北點滴》：

> 台北兩周，窺見民情；點滴留痕，或堪回味。
> 妻第一感覺是：樹多；樓不高而馬路寬。這是與香港比。多棕櫚、細葉榕。木棉正開花，多橙色、黃色，與香港大紅者不同。多杜鵑花。[7](69)

文字更極致一些的是收在《韓牧散文選》的五十副五言聯語的文言小序，古雅精煉，配以韻律和諧、詩意盎然的對聯，洵為珠聯璧合，下面試舉一例：

> 碎虹從麗日
> 圓月對殘葵
> 中秋前一日，車行河岸，麗日偏西，見碎虹一截，長尺許，隨日而降，平生未見。中秋夜為朗月照醒，窗下向日葵零落，頓感時代之變。一九九四年中秋後一日。[6](286)

而《「牧人」看世界》《「牧人」聲聲惜》兩書則是韓牧先生的書信合集。韓牧先生曾自嘲其為專業寫信家，他寫信多，且寫得很有情趣。這類作品多是親朋間的書信往還，正是摯友親朋之間的信件，不需要應酬虛飾，更能現出其真性情，文字或輕鬆疏朗，或幽默風趣，既引人入勝，又可以藉此了解加拿大的風土人情和華人新移民的生活。如《「牧人」聲聲惜》中的《冬日情》：

　　今天駕車回家，再接妻外出時，車抵家門，見妻在公寓正門等候，正要轉彎駛上，誰知積雪太厚，轉左彎時車子不聽話，滑向右側牆邊，馬上煞停。車子當時是頭低尾高，前輪陷雪中打滑，前行後退均難移半寸。三個過路西人小伙子走來，合力推車向後，又教我如何把車開動，無效。我讓他們代勞，幾經辛苦向後退出。又另一西人住客駕車返，指導我，打滑時應如何如何，陷入雪中時應如何如何。態度真誠，好像不放心自己的親兄弟似的。其實我並沒有主動求助，是他們見義勇為。

　　又如《「牧人」聲聲惜》中的《海鷗的鳴聲》：

　　　烈治文市四面環水，北面流著菲沙河的北支，對岸是溫哥華市和本那比市；南面流著菲沙河的南支，對岸是三角洲市。西面臨海，海邊聚散著海鷗。
　　　家居離海岸有五、六里之遙，但常有海鷗飛來，成雙成對的飛過高空，或者停在屋頂休息。每次見到，老杜的「客至」詩就響在心間：「舍南舍北皆春水，但見群鷗日日來。」一千二百多年前成都的景和情，竟重現於今日的烈治文，杜甫觀察細密，描劃鷗鳥以及別的禽鳥的動態、心態，

傳形也傳神。印象中，卻沒有寫過鷗鳥的鳴聲。

這些文字非常輕鬆疏朗、情調則和緩溫暖，而另一類作品則是幽默風趣，甚至不免插科打諢了。例如《珍藏照》，寫自己在宴會上唱歌的照片，行文風趣：

> 洛夫先生壽宴照片四張收到，謝謝你們。其中一張唱歌的特別好：半側面、不胖、英偉、軒昂、神情有點像小馬哥，我說的；頭髮看來不太薄（近幾個月所拍的照片，都開始變薄了，老態，難看，尤其是用頂光的），白髮白鬚有魅力，持「米高峰」的兩隻手，位置很好，臉又沒被擋住，口，不是大開、又不是沒開，是半開，襯衣又有光澤，漂亮……上述，雖近「自戀」，卻是實情。這照片我入珍藏類，將來有機會，印在書上。不知是哪一位攝影家？真感謝他。

又如《「牧人」看世界》中的《韓牧要自殺》，因為初用電腦，回覆電郵不便，不堪其擾，因而戲言自殺：

> 不要來郵勸阻，你們來郵，我又要回，煩惱，促使我加速行動。這次不是「駕鶴」那麼詩意了。不是泰南的那個，是加拿大的何思撝。殺人者，電腦！三島？一些「諾獎」的都自殺，同類，也不差。何況，可能是給電腦殺死的第一個詩人、書法家。

通過以上的例文，或可看出韓牧散文鬆緊、疏密等不同風格的對比，可以看出韓牧散文寫作的豐富多元和對語言文字高度的掌控能力。但是無論什麼語言風格樣式，韓牧散文都有著一個共同的特

點就是自然渾成、誠意動人、毫不矯飾。

三

　　或許是由於大多數散文都刊載於報紙的專欄的緣故吧，韓牧先生的散文大多都是小品文。然而四五百字的篇幅或單刀直入或繞路說禪，咫尺之間仍能閃展騰挪。言情敘事絲絲入扣，表達精到，情意真摯之處，往往令人鼻頭一酸，心頭一熱，有動人心魂之力量；議論說理頭頭是道，切中肯綮，思慮精深之處，往往令人眼前一亮，精神一振，有發人深省之智辯。

　　我們先來看以情動人的文章。《「牧人」聲聲惜》中《手足情》是這類文章的代表：

> 　　家姐移民澳洲，到機場送機，其實已目送她在人潮中入了閘了，我竟然能再見到「她」，是看了另一個陌生人的背影而誤以為是她。當時五妹也即將移民加拿大，我忽然感到手足情深，在詩中說：「別離原來也是一種死」，又說：「家姐是我一出生她就認識我，妹妹是她一出生我就認識她，而又住在一起的人。」
> 　　……
> 　　人到中年，父母不在，能有這種淵源、關係的，就只有親兄弟姐妹了。

　　中國北方人有一個說法，叫做「親兄熱弟」，說的就是手足之情，這種血緣天倫是任何其他感情都無法替代的。孟子曰：「親親而仁民，仁民而愛物。」[8]中國傳統倫理尤其重「親親」，因為這是一切善德仁心的源頭和根本，正如《論語》中有子所言：「孝

悌也者，其為仁之本與。」[9]手足之情出自韓牧先生胸臆之中，形諸文字，則樸質真摯，自然感人肺腑。

《永恒的雍容》是一篇读完令人动容的文章。文中寫作者在一個畫展中看到一幅可愛的國畫作品，內容是一隻小狗，畫家飽含對已故溫良忠誠的愛犬的眷念，畫出動人的作品。畫家並非名家，為人低調。韓牧先生看完畫作後，非常感動，當晚即致電祝賀，并表達觀畫的感動，畫家自謙沒有名氣，畫技不高，從沒有畫過動物，聽到有人欣賞她的畫，感動落淚。而韓牧先生則說：

> 我說畫名高的，畫技不一定高，畫藝不一定高，用刻骨銘心
> 的感情去創作，感動了欣賞者，就體現了至純至高的藝術。
> 任何生命都要死，要不朽、要永恒，有一條路，就是轉化成
> 感人的藝術，而你，在無意間做到了。[7]（209）

韓牧先生不在乎畫家名氣，只在乎藝術高下，感情真偽，是真正的藝術至上的人，對美好的事物真誠地讚美，積極地推介，其赤誠無偽、愛才惜才如同唐代「平生不解藏人善，到处逢人说项斯。」[10]的楊敬之。如果說上面的例文是表現作者的親親之情，這一篇短文則展現出作者的仁民之義。而下面的這篇《那一家燕子》則是作者愛物之怀的流露。作者居港時期在彌敦道路口的騎樓屋簷下有一窩燕子，一家六口。作者每天經過都會充滿喜悅地駐足欣賞。第七日經過時卻發現燕子窩已經被搗毀，六隻燕子不知去向。文章的末尾是：

> 是哪一個殘忍的少年呢？是不是由於我每天的駐足欣賞，才
> 引起了他的注意呢？我同時想到了幾個屋簷：西營盤大道西
> 的，灣仔駱克道的，荃灣沙咀道的，元朗大街的，錦田水尾

村的，我童年時，澳門墨山巷八號的，那些燕子，如今怎麼樣呢？[6]（69）

韓牧先生雖然生長在澳門香港這樣的都市，可是自小喜愛自然，居港期間即熱愛爬山涉水，四處旅行，香港各處奇異的風光，幾乎都曾留下作者的足跡，在《韓牧散文選》第三輯的一組文章寫出了一個不一樣的香港，雁蕩平波、官門水道、橫嶺、張保仔洞、梧桐寨、雙鹿石澗、鳳凰峰這些寫於上世紀六七十年代的關於香港郊野、離島的遊記非常精彩，不但是外地遊客聞所未聞，相信即使是很多港人也沒有去過這麼多並非旅遊名勝的地方。韓牧先生用他細緻的筆觸為讀者打開了一扇窗，藉此可以一窺嶄新的天地。

在這些文章中，我最喜歡的一篇是《另一種考驗》。這篇文章是寫作者與同伴組成旅行隊遠征橫嶺黃竹角咀，夜間返回，途中在山中迷路時，看到山上兩百呎處有電筒燈光，遂呼叫和閃燈呼救，山上似乎有燈光下行，可是馬上又折返，作者和同伴發現原來山上的同伴也迷路了，似乎也在等待救援，正當無計可施的時候，熟悉路的同伴趕到，將他們解救。事後作者發現，原來正確的路就在自己和另一組迷路的隊友之間。這篇文章的結尾是這樣寫的：

> 假如我們不是依賴別人，而是去關心別人，向對方走去，不是馬上看見那條正路嗎？
> 我們八個人面面相覷，紅了臉，說不出話來。[6]（147）

這篇文章結尾點題，點出了所謂的另一種考驗是能否破除「我執」，主動關心別人，而關心別人恰恰是一種自救的方法。文章最後的感慨道出了人生非常深刻的哲理。

四

　　韓牧先生散文還有不少衡文論藝的篇章，這些文章中很多是論書藝、談詩文的文字。《韓牧散文選》第四輯中有三十餘篇談書法，而《剪虹集》中的文字則基本都是談論文藝的。書畫詩文自不必說，還有作者欣賞各種展覽和藝術表演的觀感以及作者懷念和記述與藝文界前輩、同行交遊的文字。

　　韓牧先生是著名書法家、詩人，自小酷愛文藝，鑒賞、臨摹、創作書法以及寫作詩文有著數十年至可寶貴的經驗和體悟。儘管作者自言：「談自己的心得，無忌憚；論別人作品，只能隱惡揚善，暫充『鄉愿』。」[6]（28～29）然而忠於藝術的作者寫藝術批評還是秉筆直言，他直言「這幾十年來，中國書法的主流傾向於俗。」「文盲可憫，藝盲可怖。指鹿為馬，以俗為雅，以美為醜，以珍珠為魚目。偏偏藝盲又比文盲更普遍。」[6]（268, 28）

　　韓牧先生在書法、詩文、藝術等方面在文中向後學者提供了很多有益的指點。例如書法方面，關於如何執筆運腕，如何正確選帖，先學何種書體，左行還是右行，簡體抑或繁體，工筆意筆等等諸多方面，韓牧先生樣樣都有博雅通達、公允中肯的意見，讀完令人忍不住頷首稱是。例如下引兩段文字是關於工筆意筆和書法作品的內容：

　　　　不是說工筆比意筆好，工筆細膩，若無蘊含，即成匠氣；意筆粗率，也可以深沉有味，如齊白石。

　　　　前輩書家讀書之多，學問之大，當今書家難及。看蘇老選錄前人詩文，並非「朝辭白帝」、「月落烏啼」之類，而是少見而清新的：「鮑照曰：大丈夫豈可遂蘊智能，使蕭艾

不辨，終日碌碌與燕雀相處乎？」「雨久客不來，空堂飛一蝶，閒坐太無聊，數盡春蘭葉。」「別無相贈言，沉吟背燈立，半晌不抬頭，羅衣淚盡濕。」「居邊四十年，生兒十歲許，偶聽故鄉音，問爺此何語？」[7]（161, 200）

作為詩人，韓牧先生自不免評論詩文，如《哭舒巷城》一文，有對香港文學前輩舒巷城先生的評價：

> 七十年代中期開始，香港加速走向商業化，文藝界也有此傾
> 向。作品商品化，作家商人化，重包裝和宣傳。受沾染的，
> 在作品以外下功夫，標榜自己，拉關係等等。舒是免疫的。
> 一如既往避免應酬，寧願多接觸「界外」人士，體驗與眾不
> 同的生活，保持獨特風格。[7]（275）

這一段文字寫出了舒巷城先生在商業化的香港文壇中清者自清和對文學理想的堅持固守，這正是對舒先生人品和文品的公正評價。

《剪虹集》中第三輯有一組為討論香港的系列文章《為香港新詩辯護》（一至三）、《答辯，為香港新詩》（一至四）、《我尊重專家》（一至二）、《新詩論爭的結案陳辭》（一至七）等二十一篇。這二十一篇文章起因是2000年至2003年，作者在溫哥華《星島日報》開專欄「剪虹集」，而期間與文友就新詩問題展開論爭，這一期間與文友論爭新詩的文字都收錄在這一輯中。

文友阿濃在《香港新詩的窄路》一文中感慨《香港近五十年新詩創作選》中，「竟沒有一句被大眾傳誦的。」「五十年沒有一句被香港人記住的新詩壇，是新詩的不幸，還是港人的不幸？」而韓牧先生作為資深港澳詩人奮起而為香港新詩辯護。在文藝復興時期和十九世紀的英國，曾有錫德尼和雪萊寫過《為詩辯護》，韓牧先

生步前賢後塵，為捍衛文學理想和信念也寫出一系列為新詩辯護的文章。韓牧先生認為是否被傳誦和是否擁有大量讀者不是判斷新詩有無成就的標準：

> 詩根本就是高層次的，李杜的詩，也主要在文人學者的高層次上流傳。「陽春白雪知音寡」，高層次的文學藝術只能是「小眾」。即使是書法藝術，也不能大眾化，除非只強調技術，取消其藝術創造和文學要求，才可以像乒乓球一樣大眾化。
>
> 說到「傳世」，我心中素來把文學藝術分為「應世」與「傳世」兩種。「應世」者，應當時當地的大眾所用；傳世者，後世人也用。應世者，多數不能傳世；傳世者，多數不能應世。天王天后的歌應世；貝多芬的曲，傳世。最好是同時兼有二者，若只能得其一，站創作者立場，我寧取傳世。二埗天車站因不良少年聚集，改播貝多芬樂曲以驅趕之，生效。貝多芬仍是傳世的，雖然不大眾化。
>
> 新詩人不是不能聽讀者意見，而是對「能不能背誦」一類幼稚問題，不屑爭論。我認為，新詩人，不接受「三導」：「領導」領導；外行指導；市場主導。[7]（334，337，354）

詩歌是所有文學形式中最為純粹的文體，是文學金字塔的塔尖。獻身詩歌的人必須不慕榮利，心無旁騖，才能寫出傳世的詩作。

韓牧先生熱愛詩歌，他說「我相信　此身是為寫詩而設的／詩寫完了　此身就沒有用了」[11]。所以，詩人本身不是特別看重自己的散文寫作，也沒有刻意為之。但是一般而言，好詩人的散文沒有不好的，而正因為不刻意為之，心無掛礙，信筆寫來，渾成天

然，才能達到「俱道適往，著手成春」的「自然」境界。

　　韓牧先生還有大量的傑出詩作，我讀後也受益匪淺，限於論題，詩作則留待另文專門探討了。

參考文獻

[1]韓牧. 韓牧散文選[M]. 香港：藍天圖書（紅投資有限公司），2008：222.

[2]杜黎均. 二十四詩品譯註評析[M]. 北京出版社，1988：110.

[3]王佐良. 英國散文的流變[M]. 北京：商務印書館，1994：1.

[4]李夢生撰. 左傳譯註[M]. 上海古籍出版社，1998：803.

[5][日]吉川幸次郎著，錢婉約譯. 我的留學記[M]. 北京：光明日報出版社，1999：168.

[6]韓牧. 韓牧散文選[M]. 香港：藍天圖書（紅投資有限公司），2008：26.

[7]韓牧. 剪虹集[M]. 香港：紅出版（紅投資有限公司），2006：69.

[8]楊伯峻譯註. 孟子譯註[M]. 北京：中華書局，1962：322.

[9]楊伯峻譯註. 論語譯註[M]. 北京：中華書局，1980：2.

[10]陳貽焮主編. 增訂注釋全唐詩[M]. 卷四六八. 北京：文化藝術出版社，2001：830.

[11]韓牧. 回魂夜[M]. 香港：華南圖書文化中心，1983：68.

笑嘻嘻的童真臉
——永遠懷念古蒼梧兄

1

古蒼梧兄月前逝世，年七十七。對我來說，太意外、太突然了。印象中，他永遠是笑嘻嘻的一副童真臉，是長不大的青少年，人稱「古仔」，怎麼會是七十七歲的老人，怎麼會突然死去呢？

2

他本名古兆申，古蒼梧是筆名。他對朋友熱情誠懇，朋友不少，在香港文化界中很活躍，我認為他是個文學全才。他寫詩、散文、文藝評論、還作翻譯。他編輯過不少雜誌：《盤古》、《文學與美術》、《文美月刊》、《八方文藝叢刊》，還有香港《大公報。中華文化週刊》、台北《漢聲雜誌》等。

3

他曾任香港《明報月刊》總編輯。這月刊維繫了全球華人文化人，是個高級知識份子的刊物，歷來的總編輯都是學貫中西的人擔任。可惜，據香港著名專欄作家馬家輝說，古就任「不到一年，便在人事鬥爭中離職」。像他這樣純真的人，在鬥爭中敗退是當然的。我覺得份外可惜。

4

有一次，他對我說，一位讀者寫信給他，上款是「古蒼梧老先生」，讓他失笑。我說，誰叫你的筆名「蒼梧」這麼老派，還姓

「古」呢。

5

他是以「詩人」著名的，出版有詩集《銅蓮》《古蒼梧詩選》，但我覺得他的詩評論，一針見血，比他的詩寫得還好。有一件早年事，很少人會知道，我也幾乎忘了。1966年，YMCA青年會與「維多利亞聯青社」合辦了一次龐大的「文藝叢展」，實質上是全港青年文學及藝術的比賽。那次我得了書法組冠軍，而文學評論組的冠軍，正是古兆申。推算下來，他當年21歲，還是個大學生。那次是我們第一次相見，在大會堂的頒獎禮上。

6

我與他相處，主要是在上世紀七十年代到八十年代。那時沒有電腦，更沒有手機，除了見面和通電話，就是寫紙筆信。據知他曾把他一批文件和來往書信，贈給他的母校、中文大學的圖書館收藏，那是珍貴的香港文學、文化史料。我上網查看，見到有我寫寄給他的信和詩稿：「1988年2月13日，韓牧致蒼梧信函，談《八方》發表詩文、寫作及家務，寄奉〈冰燈與椰樹〉手稿二頁，1988年1月17日」。談雜誌、寫作、寄詩稿，都是正常事，連家務也談到？我真忘了。只肯定我也存有他寫寄給我的一些紙筆信。

7

記得八十年代中，應該是香港「中華文化促進中心」主辦的，在大嶼山一個文學交流營，歷時兩三天，他和我都有參加，在小組討論時，他和我都有發言。記得那次本地作家有小思、也斯、黃繼持、梁羽生、張初等，外地來的有艾蕪、古華、邵燕祥、九葉詩派的陳敬容等。我和艾蕪前輩私下談了很多，因為他年輕時生活在緬

甸，我亡妻艾荻是在緬甸土生土長的，談起來有緬甸這共同話題。

8

我1989年冬移居加拿大後，與他失去聯絡。有一年，也斯來卑詩大學（UBC）參加學術會議，我問也斯，古兆申近況如何，也斯說，他近年迷於崑曲。我初聽以為只是欣賞崑曲，因為我記起《詩網絡》曾訪問瘂弦，問他最近的生活，他說最有興趣是聽他家鄉的河南戲曲。原來古蒼梧專志於崑曲的研究和推廣，有大成就。他曾說小時看到唐滌生改編的粵劇《紫釵記》，十分感動。我由此也聯想到，我們「加拿大華裔作家協會」的顧問姜安道教授（Andrew Parkin），早年在香港的中學教英文期間，接觸到粵劇，發生興趣，引致他到英國研究戲劇，得博士。崑曲中興，一般人只知道是白先勇的功勞，據資料，白先勇也曾親口承認說，古兆申才是始作俑者。據崑曲演員俞玖林憶述，2002年，古先生發現崑山周莊古戲台上的「小蘭花班」，帶了去香港，白先勇看到了《牡丹亭驚夢》，才有了青春版，才有了後來的一切。但古低調，從不領功。

9

崑曲是江蘇的地方戲，卻由廣東人古兆申、廣西人白先勇來發掘、研究、改良、推廣，這是奇怪的。正如由一個沒有嶺南文化背景的東北人來研究、改良粵劇，怎可能成功？但他倆成功了。古兆申不但研究、推廣，自己也會吹崑笛伴奏，還常常當眾清唱崑曲，生旦皆能。他甚至指導、糾正演員的發音、行腔。可想到他曾經克服多少先天的不足，要克服多少困難了。雖然他少年時的志願不是文學家，而是歌唱家，但那不是自己母語、不是自己從小就接觸到的、外省地方戲曲呀！

10

因為他和我都是寫新詩的，所以我與他的交往，主要話題是新詩。他曾與友人合編了一冊《中國新詩選：從五四運動到抗戰勝利》，1975年出版，署名「尹肇池等編」，其實是「溫健騮」、「古兆申」、「黃繼持」三人各取一同音字合成。這詩選因受當時激進的左傾思想影響，有其大缺憾。

詩選的〈引言〉強調「歷史經驗」，編者不自覺的滑到偏激的政治去：「我們認為一首真正的好詩，一定產生自歷史經驗，一定包含著豐富的歷史內容。換句話說，也就是一定反映了時代而又促進了時代的。」這話聽起來也沒有很不對。詩選高舉魯迅、郭沫若、臧克家、艾青、田間。讚許維族詩人魯特夫拉‧木塔里甫的〈祖國至上，人民至上〉。而把徐志摩、廢名、戴望舒、何其芳、卞之琳的一些詩，作為「壞樣品」來示眾。我還發覺，有代表性的冰心，沒有選上。一些選作「好樣品」的，其實是接近口號的政治宣傳，沒有詩味。選得最多的是艾青，12首，何其芳10首，臧克家、田間、辛笛，都是8首，何達，竟然有11首之多。何達的是朗誦詩，他生前極高調，名聲甚響，死後卻罕見有人提他的詩，偶然提到，不論是香港的還是大陸的學者，總是說不合現在這個時代，沒有讚賞的。記得他生前，余光中對我們說，他的詩只有響亮，沒有甚麼「招數」。用「招數」這詞，讓人印象深刻。

11

詩人的詩觀，會因環境的變更或其他因素，作調整，甚至否定以前的自己。重要的、坦誠的詩人往往如此，覺今是而昨非。聞一多的新詩，可說是第一流的，但後來他新詩不寫了，寫舊體詩，這不奇怪，奇在詩中有否定新詩之意。且看他約在1924年寫的一首七絕，詩題〈廢舊詩六年矣，復理鉛槧，紀以絕句〉：「六載觀摩傍

九夷，吟成鴃舌總猜疑；唐賢讀破三千紙，勒馬回韁作舊詩。」戴望舒憑〈雨巷〉一詩，獲「雨巷詩人」美稱，這詩迷人一直迷到現在，但他寫了〈雨巷〉一兩年後，否定這首詩，詩觀改變不可謂不快速。瘂弦為他們寫的現代主義詩辯護，但晚年的專欄《記哈客詩想》中，輕視「過往那些華文麗句、奇思妙想」，而強調「博大」和「詠史」了。

12

古蒼梧也不例外，他中文系出身，碩士論文是〈劉勰的文學觀〉，他早年吸收余光中的詩評論，詩作傾向其「新古典」，是合情合理的。但後來余光中寫了〈下五四的半旗〉一文，古即在《盤古》寫出〈下了五四半旗就要幹〉反駁，批判余，說余認為五四以後中國詩壇對現代主義無知，其實反為是，余及其代表的台灣詩壇，對五四以後的中國詩壇無知。我認為這確是事實。當年在香港，甚麼書都可以讀到，還翻印了不少五四以來的文藝書。但兩岸各有所限所禁。台灣當局對留在大陸的詩人的作品封鎖，禁，台灣詩壇對此無知，不瞭解四十年代象徵主義、現代主義已在大陸萌芽，而香港的詩人都知道。事實上，古自己的詩，也受到四十年代詩、九葉詩派的影響。瘂弦藉到愛荷華參加寫作計劃之便，在美國各大學圖書館、國家圖書館，以至英國的大學的圖書館，大量收集到在台灣見不到的、中國新詩的資料。我估計，他也可能利用這些，為台灣的現代主義詩辯解。

13

古對港台現代主義詩的抨擊，既猛烈也來得早。由張默、洛夫、瘂弦主編的《七十年代詩選》出版後，1968年2月，古即在《盤古》出專輯〈近年港台現代詩的回顧〉，他自己寫了很重要的

一文〈請走出文字的迷宮——評七十年代詩選〉。他批評現代主義詩人「他們自封為文學的貴族,而高傲地切斷了與讀者的交通,沉溺於玩弄文字的魔術而忽略了詩應該有更豐富、更深邃的內涵,忽略了詩除了現代主義的技法以外,還有更多樣的表現方法,這樣便造成了近年來港台詩風的沉溺。」他認為:許多所謂現代派作品,是依照西方現代主義的理念而創作,因而虛假。創作是對生命的體驗,對人類關注。可謂字字擲地有聲。

14

1970年,古受邀到愛荷華「國際寫作計劃」,期間,參加了「保釣」運動,回港後,詩觀也由「新古典」急促左轉到「批判的寫實主義」。1976年,在《盤古》〈敬悼一位革命者〉中說:「在文化大革命/那段『砲打司令部』的輝煌歲月/你把/馬列主義的種子/撒在我們的/心上」。而在1989年的《九份一》詩刊的〈詩與政治專輯〉中,可見他又一次大轉變。踏入九十年代,他轉而專意研究崑曲,完全與文學分離,應是對文學灰心了。

15

1979年冬,馬來西亞名作家、編輯伍良之訪台後到港,與我約談,晚上,在一個餐廳。我與他從未認識交往,只是他慕我的名。我特意也約了古蒼梧來,讓他們互相認識。事後,伍良之寫了一篇不短的記敘文〈聽韓牧、古蒼梧談詩〉,在馬來西亞的報章上發表,附了照片。該文後來收進他的散文集《長路花雨》中。此文十分詳細真實,巨細無遺,不過,他雖然也留意新詩,卻不是寫詩的,我們所說,他難免未能瞭解透徹。當時沒有錄音,他能記錄得那麼細微,難得。在此,我還是原文節錄,不嫌冗長。他描述古蒼梧的樣貌以及對新詩的看法,現在看來是珍貴的。

16

「韓牧說，也約了《八方》的執行編輯古蒼梧，由於他比較忙，會遲一點才到。」「古蒼梧也來了，我沒想到他竟那麼年青，濃密的眉毛，國字臉型，微厚的嘴唇，看著他那沉鬱的臉，韓牧說他也是寫詩的，與我原先的預料，的確不謀而合。」

17

「韓牧說，要把詩歌寫好，一定要投入。正如《回魂夜》中說：不投身，心中無詩，不抽身，筆下無詩。受了干擾而寫成的詩，只是一種發洩，不適於發表。」

「韓牧說他寫詩是沒有先考慮到動機或者目的的。從觀察事物，而使自己有感受，有了某種體會，便執筆來寫，在寫時，是沒有考慮到發表的。當完成了，回頭細讀時，才以讀者的眼光來評價。情緒的動機是引起創作的動力，所以沒有考慮到影響力的。寫詩就是準確的記錄自己的感情，像寫日記，篇篇都要『真』。」

18

「關於詩的藝術性，韓、古兩君的看法，是相同的。就是把思想感情準確的變成或記錄成文字。他們倆都一致的說，在詩的創作過程，沒有考慮到公諸於世的，當一首詩完成後，始以評判者的眼光來看自己的詩，然後才考慮到對讀者的影響。」

19

「評定一首詩的好壞有沒有標準，我請他們發表意見。古蒼梧說：這可分客觀與主觀的看法。對一首詩，一般性的最基本的要求，詩的節奏感，聲韻的協調，字句的凝鍊。詩人應在每首詩中都有創造性的語言，不同的詩都應有不同的創造性。」

20

「談到詩的風格。古君說，風格是決定於詩人的思想，詩人的思想就是他對人生的具體看法，談到主觀方面，那可說完全決定於個人的喜愛，古君說，他對聶魯達、艾青、何其芳等人的詩特別喜愛。」

「韓牧說，一首好的詩，它表達出來的思想感情，既要廣又要深，要粗獷又要細緻。闊大而又精微，是詩歌的最高標準，不過這個標準是不容易達到的。」

21

「我忽然想到，寫詩的多是年青人，但能夠發表的都不多，我便問他們為甚麼會傾向寫詩。韓、古兩君對這方面的發言相當熱烈。下面所記都是他們兩位的意見的交揉。

他們都否定了寫詩的人天賦較高。個性傾向是最主要的原因。感情豐富是詩人的氣質。寫詩與寫小說有大差別，寫詩比較主觀，寫小說卻對所搜集到的資料，分析，作出取捨，再組合起來。古君強調，寫小說比寫詩難。把自己的感情、思想表達出來就是詩。一個詩人要有詩心，詩心也就是詩意，把詩意技巧的表達出來，就是一首詩。」

22

「韓君說，每個人都有詩，只是取決於能否用詩的形式表達出來。韓君舉了兩個例子。他曾以『雨』字問一個小孩，那小孩說『雨』字像哭。因為小孩與哭有密切關連。所以他看到『雨』並不把它當水，卻聯想到哭。火的光很平常，人人都見過，可是，不見得人人都細心去看、去體會過。韓牧有一次問一個小孩，火是怎樣的。那小孩說上面是金色，當中是藍色，為甚麼他看見這些顏色，

因為他看得深刻。」

23

「古君跟著也講了他的經驗。詩人的想像力豐富，而且他的想像接近詩。有了那股想像，又能技巧的，通過聯想、比喻表達出來。古人有『浮雲遊子意，落日故人情』，從浮雲而聯想到遊子，從落日斜暉比喻為故人情，這就是詩人高超的想像力起了作用。古君也舉了個例子。有一次，他帶著小姪兒出街，小姪兒看見停放的汽車便說，那些汽車在睡覺。汽車停了而聯想到睡覺，這就是所謂詩心了。」

24

「看看腕錶已經十一點多，我知道他們明天還要上班，便提議可以走了。在咖啡座前握別了古蒼梧。韓牧堅持要陪我回去蘇屋村，截了一輛德士，直馳蘇屋村，韓牧一直送我到彩雀樓下，他給我留下通訊地址。在一座座高聳的組屋下，在黯淡的燈影下，看著詩人落寞若有所失的形色，想到他中午時向朋友傾訴，失去愛妻的苦痛，我在握手與他話別時，只能對他說：讓時間來治療你的創傷吧！他默默，在微弱的燈光中，我看見他的臉綻開了爽朗的笑！目送他登上德士，我才上樓。」

25

古兆申生前獨居。逝世前的一天，午間與朋友見面後，晚上電話無人接聽。直至翌日早上朋友上門探望，才發現倒在地上，在家中離世。記得1978年聶華苓一家到港，美國領事館在官邸，宴請五位詩人及其夫人相聚，何達、舒巷城、戴天、古兆申和我。他最年輕，33歲，是唯一未婚的，相信他一直未婚，否則不至於獨居。我

想，若有太太在，馬上送院，一定不至於早逝。他患的是慢性的肝病，不是心臟病。可惜。

26

據其兄姐發的訃告，蒼梧兄遺願，是火化後撒向山林。那是詩人的詩意。此後，每當我走進山林，我一定感到，他就在我身旁。

2022年，2月8日。加拿大烈治文，微雨。

韓牧贈友書法十八幅

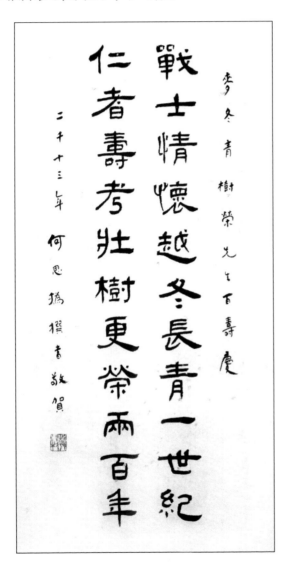

戰士情懷越冬長青一世紀

仁者壽考壯樹更榮兩百年

麥冬青樹榮先生百壽慶

二千十三年

何思摳撰書敬賀

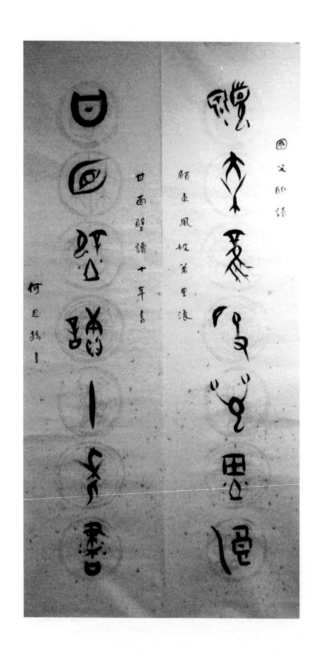

逝水無聲應解落 苹終有主
寒潭遺影還留明月 證前生

寬懷先生雅屬

何思翰書

眾生平等
一切有情

加拿大中華郵幣學會
紀念辛亥革命百年展

孫中山先生聯語

何恩瑋敬書

至於我，和我家，我們必定事奉耶和華。

約書亞記二十四章十五節下句

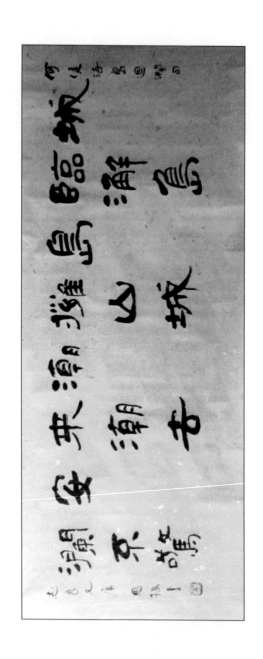

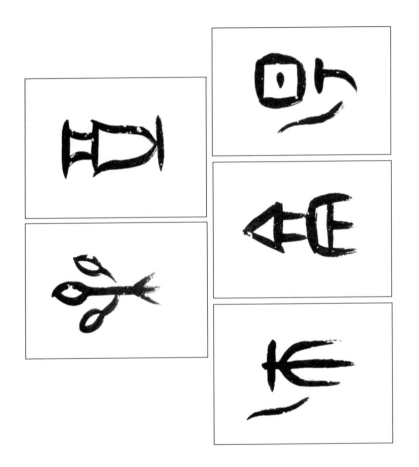

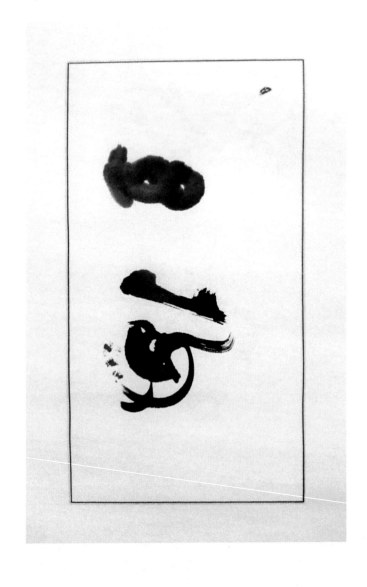

國家圖書館出版品預行編目

海外詩：島上與海外. 下冊 / 韓牧著. -- 臺北
市：獵海人, 2022.11
面；　公分
ISBN 978-626-96408-2-9(平裝)

851.487　　　　　　　　　111018083

海外詩：
〈島上與海外〉下冊

作　　　者／韓　牧
出版策劃／獵海人
製作銷售／秀威資訊科技股份有限公司
　　　　　114 台北市內湖區瑞光路76巷69號2樓
　　　　　電話：+886-2-2796-3638
　　　　　傳真：+886-2-2796-1377
網路訂購／秀威書店：https://store.showwe.tw
　　　　　博客來網路書店：https://www.books.com.tw
　　　　　三民網路書店：https://www.m.sanmin.com.tw
　　　　　讀冊生活：https://www.taaze.tw

出版日期／2022年11月
定　　　價／480元